Jean-Hugues MATELLY

LA MORT NUE

Les Presses du Midi

Du même auteur aux Éditions Les Presses du Midi :

...Istres, Toulon, Carpentras...
JEU DE RÔLE
Crimes ? - Suicides ? - Sectes ?

Impression PDM

121 avenue d'Orient - 83100 Toulon
Tel. : 04 94 16 90 20 - Fax : 04 94 16 90 29
Dépôt légal mai 2002
ISBN : 2-87867-385-9

À mes chers parents.

*Avec mes amicaux remerciements
à tous ceux qui ont bien voulu m'apporter aide et
conseils pour la rédaction de ce roman, en particulier
à Marie-Agnès, Émilie, Marie-Hélène et Jean-Claude,
Sylvie et Christophe, Sylvie et Éric.*

L'histoire qui va suivre n'est pas tirée d'un fait divers réel. Toute ressemblance avec des événements, des lieux et des personnes existants ou ayant existé serait involontaire et fortuite.

Catherine et Jean installaient dans la bonne humeur le pique-nique familial, en ce chaud samedi du début septembre. Pour cette sortie hebdomadaire, ils avaient trouvé, vers midi, un petit chemin caillouteux partant de la départementale 582 et s'enfonçant sur quelques centaines de mètres dans la garrigue languedocienne, jusqu'à une aire légèrement ombragée. Là, attendant que les provisions soient déballées, Sylvain, du haut de ses neuf ans, jouait à cache-cache avec Sophie, sa sœur cadette.

L'endroit respirait la quiétude. Le doux bruissement d'une faible brise dans les branchages couvrait aisément les ronflements lointains de quelques voitures, assourdis par la végétation.

Tout en discutant de la promenade projetée pour la suite de l'après-midi et de la visite à rendre le lendemain aux parents de Jean, le couple sortait du coffre de la berline quelques coussins et un vieux parasol aux couleurs fanées. La nappe était déjà étendue et se couvrait peu à peu d'assiettes en carton, toutes chamarrées, de gobelets aux coloris assortis, de serviettes de papier, de couverts et de quelques paquets de chips pour aiguiser l'appétit. La glacière livrait une bouteille d'eau et un petit muscadet bien frais, avant d'être prudemment déposée à l'ombre.

— Comme d'habitude, dès que tout est prêt, les enfants ne sont pas là, constata Catherine, s'apercevant de l'absence de Sylvain et de Sophie que leur jeu avait entraînés hors de vue, à travers les fourrés.

— Ils ne doivent pas être loin. Sylvain ! Sophie ! cria Jean.

— Voilà qu'ils se cachent maintenant, dit Catherine, les appels de Jean restant sans réponse.

Continuant sans relâche à héler leurs enfants, ils s'écartaient peu à peu du lieu du pique-nique. En quelques secondes, leur gaieté nonchalante venait de laisser la place à une réelle inquiétude que Jean tentait vainement de dissimuler.

— Je suis là ! s'écria Sylvain en débouchant comme un petit diable d'un large massif de genêts.

— Mais où est ta sœur ? demanda Catherine.

— Je ne sais pas. Je la cherchais justement. Ah ! Elle s'est bien cachée cette fois !

— Vers où est-elle partie ?

— Par-là, je crois, indiqua Sylvain en désignant de la main une direction sensiblement parallèle au chemin, à l'opposé de la route.

Tous trois reprirent en cœur : « Sophie ! Sophie ! Le jeu est fini. Viens manger maintenant. »

Ces appels demeuraient vains. De trop longues secondes se succédaient tandis qu'ils avançaient à travers les broussailles en longeant le chemin.

Un hurlement aigu déchira soudain l'air et glaça instantanément les cœurs. Il déclencha une folle ruée vers l'origine de ce cri de petite fille, nul ne prenant plus garde aux branchages et aux épineux.

Catherine tenait fermement la main de Sylvain. Devant eux, Jean, d'une vigoureuse foulée, s'était mis à poursuivre le bruit de bois cassé et de végétation fouettée caractéristique d'une course dans les taillis. Gagnant très vite de la distance, il distinguait maintenant des mouvements dans les buissons devant lui. Un instant plus tard il entrevoyait avec soulagement les couleurs familières du tee-shirt de sa fille.

— Sophie ! C'est papa, n'aie pas peur !

La petite fille s'arrêta aussitôt et bondit, en larmes, dans les bras de son père.

Mais un nouveau cri vint interrompre ces effusions. C'était la voix de Catherine.

Jean, portant Sophie, s'élança à nouveau, en sueur, la chemisette déchirée par endroit et les membres marqués par les griffures et les coupures occasionnées par quelques ronciers. En quelques dizaines de mètres, il avait rejoint Catherine. Elle tenait Sylvain serré contre elle, lui détournant la tête de l'affreux spectacle qui gisait à ses pieds.

Là, le corps nu et sanguinolent d'une jeune femme se devinait sans peine, sous de maigres fourrés.

* * *

CHAPITRE I

Achille Hatlant poussait rapidement son chariot dans les allées du supermarché. Cet engin tout en barreaux métalliques, sorte de cage surmontée d'une courte chaîne, ne manquait pas d'évoquer pour lui le symbole d'une certaine servitude vis-à-vis de la grande distribution, un des multiples boulets invisibles de la société de consommation. Mais c'était le prix à payer pour quelques heures gagnées. Du temps, il en avait bien besoin en ce début de samedi après-midi. Il voulait achever l'aménagement de son nouveau logement de fonction, dans la caserne de gendarmerie Delaroque. Bref, l'objectif était clair : il fallait terminer les courses pour quatorze heures.

Il manquait encore quelques meubles à acheter, deux paires de rideaux à poser, une dizaine de cartons à défaire et il se sentirait définitivement chez lui dans ce superbe appartement neuf, de plus de cent mètres carrés, dans la périphérie nîmoise. Le contraste était saisissant par rapport au petit trois-pièces qu'il avait quitté fin juillet à Melun, lorsqu'il était encore à l'école des officiers de la gendarmerie nationale. Le choix du poste d'officier adjoint à la section de recherches de Nîmes, s'il avait été surtout motivé par la passion d'Achille pour l'exercice de la police judiciaire, s'avérait finalement parfait à tous égards. Outre les conditions de logement et la proximité de la région Montpelliéraine, dont il était originaire, ses premières semaines de travail au sein de la « SR », abréviation traditionnelle pour désigner une section de recherches, s'étaient révélées passionnantes.

D'emblée, il avait noué de bonnes relations avec les membres de la section. Mais il n'en doutait guère, vu sa jeunesse, beaucoup devaient attendre qu'il fasse ses preuves. Il était, à vingt-six ans, le plus jeune de l'unité et son poste de deuxième adjoint du « patron » lui conférait de lourdes responsabilités. Cette première semaine de permanence, débutée depuis hier soir, pouvait lui donner l'occasion de faire ses premières armes. Le lieutenant-colonel Dumont-Gatrin, commandant de la SR, avait pris une permission depuis la fin août, après un été chargé, et son adjoint, le capitaine Fresnes, devait partir en enquête sur Paris à partir de lundi. L'idée de se retrouver temporairement aux commandes de la « boutique » faisait naître, dans l'esprit d'Achille, des sentiments mêlant exaltation et appréhension.

Tout en se remémorant ses premières impressions sur la SR, il remplissait son chariot en s'aidant d'une vague liste sur laquelle les produits indispensables avaient été griffonnés.

La sonnerie du téléphone mobile de la permanence interrompit le cours de ses pensées.

— Hatlant à l'appareil.

— Mes respects mon lieutenant, c'est l'adjudant Breton.

— Oui, mon adjudant, je vous écoute.

— On vient de recevoir un appel de la compagnie de Salèze. Le cadavre d'une jeune femme vient d'être découvert dans la garrigue, sur la commune de Loubignac. Le corps est entièrement dévêtu et porte, a priori, plusieurs blessures par arme blanche.

— Bien compris. Est-ce que la compagnie a prévenu l'équipe de techniciens en identification criminelle, le médecin légiste et le parquet ?

— L'équipe des TIC est alertée, mais je ne sais pas pour le reste.

— Bien, mon adjudant rappelez Salèze pour le vérifier. Qu'ils précisent le cas échéant au parquet que la SR se déplace sur les lieux ! Ensuite, je vous propose d'aller sur place avec la permanence. Je vous y rejoins. Répétez-moi s'il vous plaît le lieu des faits.

…

Voilà, songea Achille, il suffisait d'y penser. Il semblerait qu'une vieille règle statistique veuille que les nouveaux arrivants aient droit, dès leur première permanence, à un « baptême du feu ». Merde ! Les courses ! Tant pis.

Achille laissa là son chariot. Les emplettes et la finition de la décoration seraient pour plus tard. Il quitta rapidement le centre commercial, récupéra sa voiture, une berline rouge vif dont le modèle semblait venu d'un autre âge, et rejoignit son appartement. L'uniforme prestement enfilé, muni de sa sacoche de travail et surtout d'une carte routière, il prit la direction de Salèze à bord de la Citroën ZX de service.

Il n'était guère nécessaire d'utiliser le gyrophare, les premiers gendarmes sur les lieux devaient avoir établi le traditionnel périmètre de sécurité autour de la scène du crime. Il faudrait de toute façon attendre l'arrivée des techniciens en identification criminelle de la brigade de recherches départementale - plus succinctement BRD - de Nîmes, avec leur véhicule spécialisé, mais un peu lent. En tout cas, Achille avait besoin des premiers feux rouges pour étudier la carte et localiser Loubignac d'après les indications de Breton.

L'inconvénient de travailler sur toute l'étendue du ressort d'une cour d'appel, en l'occurrence sur les départements du Gard, du Vaucluse, de l'Ardèche et de la Lozère, était évidemment la difficulté de connaître toutes les localités. Pendant ses premières semaines de service à la SR, Achille avait accompagné le patron ou le capitaine Fresnes pour quelques visites de présentation protocolaires auprès des magistrats de certains tribunaux et de quelques commandants de compagnie et de groupement de gendarmerie. Mais ces destinations étaient nécessairement des villes d'une certaine importance. Malgré son origine héraultaise, la plupart des zones rurales des départements voisins lui étaient peu connues.

Finalement, Loubignac fut repéré sans problème et la ZX filait maintenant à bonne allure, en tout cas en s'affranchissant des indications de quelques panneaux de limitation de vitesse.

Quarante minutes plus tard, roulant sur la départementale 582, Achille repérait déjà, à l'entrée d'un chemin, le véhicule bleu caractéristique et un gendarme auxiliaire en faction.

— Bonjour, alors, ça se passe où ? demanda Achille.

— Mes respects mon lieutenant. C'est à quelques centaines de mètres en suivant le chemin.

— Merci, à plus tard.

Je vais décidément avoir bien du mal à m'habituer au sempiternel « mes respects mon lieutenant », pensa Achille.

Effectivement à près de quatre cents mètres de là, pas moins de trois véhicules de gendarmerie étaient garés en bordure du chemin, juste avant une tresse en plastique jaune qui marquait le début de la zone protégée. Autour des véhicules, à l'ombre d'un bosquet de jeunes chênes verts, près d'une dizaine de gendarmes attendaient. L'adjudant Breton et son équipier pour cette permanence, le maréchal des logis chef Tournaise, s'avancèrent vers Achille et firent rapidement les présentations. Il y avait là le major Da Silva, adjoint au commandant de la compagnie de Salèze, l'adjudant-chef Banyoul, commandant de la brigade de Montparoux accompagné d'un de ses gendarmes, un maréchal des logis chef et un gendarme de la brigade de recherches de Salèze ainsi qu'une patrouille du peloton de surveillance et d'intervention de cette même ville dont l'équipe cynophile.

Hormis les enquêteurs de la section de recherches, aucun des gendarmes présents ne connaissait Achille et il se sentait scruté, évalué par leurs regards. Sa taille approchant le mètre quatre-vingts, sa corpulence mince, ses cheveux châtains un peu trop longs suivant les standards militaires et ses lunettes à fine monture métallique lui donnaient une allure d'étudiant que contrebalançaient avec peine la chemisette bleue et les galons argentés.

— Alors messieurs, cela se présente comment ? questionna Achille.

— Pas très bien, répondit Breton. Une famille qui s'apprêtait à pique-niquer un peu plus loin a découvert le cadavre d'une jeune femme. Le corps est nu et porte diverses blessures à l'arme blanche. On n'a aucun élément d'identité sur la victime. La zone où elle repose a été largement piétinée par la famille qui a donné l'alerte, mais aussi par les pompiers qui ont été avertis en premier et sont arrivés avant nous…

— Pour préserver ce qui peut encore l'être, j'ai malgré tout interdit l'accès au chemin de part et d'autre du secteur, expliqua le major Da Silva. La brigade de Montparoux a balisé l'itinéraire qu'elle a emprunté pour arriver jusqu'au corps. On attend les techniciens de la brigade de recherches départementale.

— Le couple qui a découvert le cadavre est à la brigade, leurs enfants sont assez choqués et j'ai demandé à un médecin de venir les examiner, dit le commandant de brigade.

— Et les pompiers ? interrogea Achille.

— On a relevé leurs noms.

— La brigade de recherches départementale, la BRD, ne devrait plus tarder, indiqua un gendarme qui enfilait déjà la tenue de protection blanche que devaient porter les intervenants sur une scène de crime.

Effectivement, quelques minutes seulement s'écoulèrent avant que le Renault Trafic de « l'identification criminelle » n'arrive. L'adjudant Robion et un coéquipier, tous deux techniciens en identification criminelle, plus communément nommés TIC, en descendirent. Après avoir pris connaissance des circonstances de la découverte du cadavre et s'être équipés, ils entamèrent les constatations.

Suivant lentement leur progression, Achille et les enquêteurs avancèrent sur le chemin. D'évidence, la nature caillouteuse du sentier et le sol extrêmement sec s'opposaient à la découverte de traces exploitables de pas ou de véhicules. À partir du chemin, il fallait s'enfoncer d'une dizaine de mètres dans les fourrés pour atteindre le corps. Hélas, si les végétaux présentaient des branches ou des tiges récemment brisées et si l'herbe sèche était par endroit aplatie, il paraissait difficile de distinguer ce qui pouvait relever spécifiquement de l'action du criminel. Il était illusoire d'imaginer reconstituer tous les faits et gestes des promeneurs puis des pompiers. En tout cas, une sorte de cheminement permettait d'accéder relativement facilement au cadavre.

Tandis que les TIC multipliaient les prélèvements et les prises de vue photographiques, Achille observait, à quelques mètres, ce corps dénudé. Ce n'était pas la première fois, loin s'en faut, qu'il était confronté à la mort. Au cours de son service national, effectué comme aspirant dans la gendarmerie, il avait eu l'occasion de participer à des constats d'accidents de la circulation et à d'autres découvertes de cadavres. Lors de la scolarité à l'école des officiers de Melun il avait même pu assister à une autopsie. Pourtant ce corps évoquait cette fois la cruauté, la barbarie humaine et non pas seulement l'imprudence de l'accidenté ou le désespoir du suicidé. Cette femme était jeune et belle, malgré la lividité de sa peau, renforcée par le contraste de marques sanguinolentes brunes. C'était en quelque sorte une représentation symbolique de la mort, nue, sans fard, sans l'excuse de la vieillesse, du désespoir ou de la fatalité. Quelle aberration avait pu conduire quelqu'un à la tuer? Quelle folie pouvait pousser quiconque à tuer, d'ailleurs ? Mais Achille sentait bien, confusément, qu'il lui fallait s'interdire de s'impliquer émotionnellement, de porter un jugement, de rejeter péremptoirement le ou les meurtriers au rang de monstres inhumains... La recherche de la vérité devait seule guider son action... Facile à dire.

Le médecin légiste arriva. Le docteur Farnoux était un grand gaillard jovial, apprécié des techniciens pour sa compétence. L'examen du corps allait pouvoir commencer. Laissant les praticiens à leur travail, Achille passa un appel radio à la brigade de Montparoux pour faire le point sur les déclarations de la famille qui avait découvert le corps. Aucun élément significatif n'avait été rapporté par ces témoins. De même, les vérifications en cours concernant les signalements de disparitions, pour l'instant au niveau du département, ne donnaient rien. Par précaution, il demanda que les semelles des chaussures des promeneurs soient photographiées et que des prélèvements sanguins soient effectués en vue d'une identification génétique. En effet, le mari présentait plusieurs entailles dues à sa course dans les branchages, il était possible que des traces de son sang soient prélevées sur la scène du crime. Il fallait impérativement les distinguer de celles laissées par la victime et, peut-être, par le ou les criminels.

Achille appela également, par téléphone, le capitaine Fresnes, pour l'informer de l'affaire. Ce dernier, après s'être assuré que rien n'avait été omis dans la prise en compte du crime ne manqua pas, moqueur, de faire ressortir la « chance » de ce jeune lieutenant pour cette première permanence.

« Ce sont toujours les nouveaux qui attirent les cadavres. Les premières opérations me semblent bien engagées. Continue comme cela et rappelle-moi en cas de problème » se borna-t-il à répondre.

Au bout d'une bonne demi-heure, la levée du corps était terminée, et le véhicule des pompes funèbres emmenait l'inconnue vers Nîmes.

— Alors, docteur, quelles sont vos observations ? demanda Achille.

— A priori, en attendant l'autopsie, on peut avancer qu'un coup de couteau au niveau du cœur a probablement causé la mort. Elle porte huit autres traces de blessures à l'arme blanche. Elle présente également quelques hématomes au niveau du visage et des marques de pression autour du cou.

— Une tentative de strangulation ?

— C'est tout à fait possible. D'autre part, les prélèvements vaginaux semblent positifs, il y a du sperme, ajouta le légiste.

— Pas de lésions de nature sexuelle ?

— Rien de visible de manière externe.

— Vous avez quelques précisions sur le moment du décès ? interrogea Achille.

— Au vu de la température du corps, des lividités et de la rigidité cadavérique, je dirais que la mort remonte entre douze et dix-huit heures. Mais je pense que le corps a été déplacé post-mortem, probablement peu de temps après le décès, répondit le docteur.

— Pour l'identification, on a fait un premier relevé des empreintes digitales. Elle a également un tatouage avec un serpent enlaçant un poignard sur la fesse droite et des piercing aux oreilles et au nombril. J'ai pris des clichés au polaroïd. J'expédierai le tout par télécopie au service technique de Rosny-sous-Bois pour interroger le fichier des empreintes digitales et la base de données « judex », déclara l'adjudant Robion.

— Bien vu, mon adjudant, dit Achille. Docteur, vous est-il possible de réaliser l'autopsie rapidement ?

— Oui, dès lundi.

— Parfait, je l'indiquerai au parquet pour les réquisitions. Une équipe TIC - pardon de techniciens en identification criminelle - vous assistera, comme d'habitude je pense.

— Oui, dit-il en souriant, ce sera parfait. Mais vous savez, j'ai fini par comprendre vos sigles bizarres, à force.

— Désolé, vraiment… J'ai trop souvent l'habitude d'interlocuteurs néophytes.

Achille appela donc le substitut de permanence du parquet de Nîmes, déjà prévenu au départ de l'affaire par le major Da Silva. Après avoir brossé le tableau des premiers éléments recueillis et des investigations en cours, un nouveau point de situation était convenu pour le lendemain, avant une ouverture d'information probable pour le début de la semaine prochaine.

Après quelques recherches, effectuées sans succès par le chien du peloton de Salèze, les enquêteurs quittèrent les lieux vers la fin de l'après-midi. La présence d'une patrouille sur le chemin était maintenue pour la nuit.

Achille organisa la première réunion du groupe d'enquêteurs dans les locaux de la brigade territoriale de Montparoux, vers dix-neuf heures. Tous les gendarmes étant intervenus sur l'affaire y participaient. Il s'agissait de faire un bilan des constatations et de préparer le travail du lendemain.

La brigade était située à proximité du centre-ville. En cette fin de période estivale, un samedi, la circulation était rendue difficile par la présence de nombreux touristes et promeneurs du week-end. La beauté de la ville de Montparoux, ses monuments remontant jusqu'au onzième siècle, attiraient régulièrement une foule nombreuse. Ici on visitait la cathédrale Saint-Théodore et la tour du Mage, là les derniers vacanciers prenaient d'assaut les fortifications de la cité comtale, partout les touristes déambulaient dans les ruelles et placettes bordées d'hôtels particuliers, de façades médiévales ou Renaissance.

La brigade ne présentait pas le même attrait architectural. Le corps de bâtiment était massif, d'une couleur mal définie, tirant vers le gris. Dans les bureaux, pourtant, l'effervescence régnait comme en plein cœur de ville. Malgré l'activité soutenue de l'unité, les affaires de crimes de sang étaient heureusement exceptionnelles. Chacun voulait participer à l'enquête.

La situation n'invitait toutefois guère à l'optimisme, quand le planton passa à Achille un appel téléphonique provenant du fichier automatisé des empreintes digitales, le FAED, de Rosny-sous-Bois.

— Bonsoir, lieutenant Hatlant à l'appareil.

— Bonsoir mon lieutenant, ici le major Terras du FAED. Je vous appelle pour vous donner le résultat de la comparaison des empreintes, c'est positif.

— Super ! s'exclama Achille, se disant aussitôt que ce vocabulaire n'était peut-être pas très adapté à son nouveau « rôle social ». Qu'importe ! conclut-il intérieurement.

— Il s'agit de Christelle Fouvier, âgée de vingt et un ans, née à Strasbourg. Elle a été interpellée, il y a deux ans, pour une affaire de détention de stupéfiants à Rembach, en Alsace. À l'époque, elle s'était déclarée sans domicile fixe. J'ai consulté le fichier des personnes recherchées avec son identité. Elle fait l'objet d'une recherche dans l'intérêt des familles, à la demande de son père, depuis l'an dernier.

— Merci, major, voilà du nouveau. Pourriez-vous nous expédier par télécopie tout le dossier de cette jeune femme et nous faire réaliser de nouveaux tirages de ses photos anthropométriques ?

— Sans problème.

La réunion pouvait reprendre sous de meilleurs auspices.

— Messieurs, au vu de la situation, je vous propose d'engager les recherches suivantes pour demain. D'abord, il faut organiser un ratissage minutieux autour du lieu de découverte du corps, dans un rayon d'une centaine de mètres. Ce ratissage devra s'étendre sur le chemin sur cinq cents mètres de part et d'autre, puis sur les bords de la D582 au cas où un objet ou les effets de la victime auraient été jetés à partir d'un véhicule. On pourra en particulier fouiller les poubelles en bordure de route, le tout sur cinq kilomètres dans les deux sens. Je demanderai un hélicoptère du détachement aérien de Montpellier pour survoler la zone. Ensuite, dans la mesure où le moment de la mort est situé approximativement dans la nuit de vendredi à samedi entre vingt et une heures et trois heures et où le corps a été déposé un peu plus tard, logiquement après un transport en véhicule, on doit rechercher les automobilistes ayant emprunté la départementale ce soir-là dans un créneau de vingt-deux heures à quatre heures. Enfin, il faut creuser l'environnement de la victime.

— Quand je pense qu'on a peut-être croisé l'assassin, hier soir, lança l'un des gendarmes de la brigade.

— C'est-à-dire ? demanda Hatlant.

— Peu avant vingt-trois heures on est parti en urgence sur un accident signalé sur la nationale 86 au nord de Figuières. Alors on a emprunté la D582 pour s'y rendre, mais on n'a rien remarqué avec le collègue. J'espère au moins qu'après ce qu'il venait de faire, en nous voyant avec le gyrophare et en entendant la sirène, il a eu la peur de sa vie.

— C'est une petite consolation, commenta Hatlant. Alors qui veut faire un peu de tourisme en Alsace ?

— Une fille sans domicile fixe, ayant visiblement rompu tout lien avec ses parents, certainement toxicomane et retrouvée à plus de cinq cents kilomètres de sa région d'origine, ce n'est pas un cadeau, dit l'adjudant Breton... Mais cela me tente bien.

— Parfait, mon adjudant. Pour l'instant on se contentera d'une approche discrète pour voir dans quel milieu on met les pieds.

— Lance-t-on une opération de porte-à-porte dans les hameaux et villages à proximité, avec la photo du visage ? demanda l'adjudant-chef Banyoul, commandant de la brigade.

— Je ne crois pas que cela soit nécessaire dès à présent. Attendons les photos que nous enverra Rosny-sous-Bois. De toute façon on ne sait pas si la jeune femme a circulé dans les environs, répondit Achille.

— Demain, dimanche, intervint l'adjudant Robion, les laboratoires ne seront pas accessibles. Il n'y a pas d'urgence absolue pour l'analyse des premiers prélèvements. Je peux préparer les réquisitions pour les labos pour lundi, surtout pour la génétique. On attendra les prélèvements de l'autopsie pour envoyer tous les scellés d'un seul coup.

— Tout à fait, confirma Achille. Demain, gardez l'équipe TIC sur la scène du crime, pour faire les opérations de police technique en cas de découverte d'autres indices.

Après avoir affiné le programme du dimanche, puis réparti les effectifs entre les différentes missions, Achille clôtura cette première réunion de synthèse. Il lui restait à lire les quelques pièces de procédure rédigées dans le courant de l'après-midi et en particulier les auditions des témoins ayant découvert le corps.

À vingt-trois heures trente, il roulait vers Nîmes, sans même jeter le moindre coup d'œil aux superbes constructions médiévales de Montparoux, mises en valeur, la nuit, par un éclairage aux subtils tons dorés. Hatlant avait la tête bien trop pleine d'idées et d'hypothèses sur ce meurtre. Le sommeil allait être bien difficile à trouver…

* * *

CHAPITRE II

Évidemment, la nuit avait été agitée par les turbulences d'un cerveau en effervescence. Deux grandes tasses de café venaient de permettre la remise en marche des fonctions essentielles. Mais, face à la glace de la salle de bains, le résultat était peu engageant, le teint était pâle et les yeux verts cernés d'ombres. Comme tous les matins, quelques mèches rebelles devaient être remises dans le rang. Une douche, la corvée quotidienne du rasage et il n'avait plus qu'à enfiler la chemisette bleue et le pantalon à double bande noire. Achille observait maintenant les quelques cartons occupant ici et là les coins de l'appartement. Ils le narguaient en quelque sorte, résistant toujours à ses velléités de rangement. Mais déjà, l'enquête balayait ces futiles pensées.

Après un bref passage aux bureaux de la SR, implantée avec le groupement de gendarmerie du Gard dans la rue Sainte-Geneviève, il reprit la route de Montparoux, doublant régulièrement les voitures, nombreuses, de touristes belges et allemands qui sillonnaient encore les régions méditerranéennes. Il rejoignit enfin la zone de ratissage. Là, il retrouva le major Da Silva. Sa grande silhouette robuste et sa grosse moustache grisonnante le rendaient reconnaissable de loin, au milieu de ses hommes. Il répartissait les différents secteurs de recherche entre ses équipes, venues de toutes les unités de la compagnie. Les gendarmes avaient revêtu le treillis pour faciliter leur travail dans la garrigue. Le fourgon de l'identification criminelle attendait non loin.

— Bonjour major, comment allez-vous ce matin ? demanda Achille.

— Bonjour mon lieutenant, ça va bien. J'ai eu le compte rendu des services mis en place cette nuit pour identifier les automobilistes empruntant la départementale. Les voitures ont été prises en photo comme prévu. Mais cela représente plus de cent cinquante clichés. Il faut dire que c'était un samedi soir.

— Il n'est pas certain que nous ayons à contacter tous les propriétaires et les conducteurs. C'est surtout une sécurité au cas où, dans les prochaines quarante-huit heures, aucune piste ne se dégagerait. En tout cas il faut développer au plus vite les pellicules et au minimum identifier les propriétaires au fichier national des automobiles.

— Avec l'envoi des pellicules au laboratoire central, nous n'aurons pas de retour des photos avant plusieurs jours, rétorqua le major.

— On réquisitionnera un laboratoire privé local, au moins pour les photos des deux premières nuits.

— D'accord. Pour le ratissage tout est lancé, il n'y a plus qu'à espérer.

— Il faut toujours un peu de chance, dit Achille, nous en avons déjà eu hier, la victime était fichée…

Mais les heures s'écoulaient sans résultat tangible. Divers objets, surtout des sacs plastiques et des bouteilles vides, étaient découverts par endroits. Un examen minutieux laissait le plus souvent apparaître qu'ils avaient été jetés bien avant les faits. Ceux qui pouvaient néanmoins porter des traces étaient saisis par les TIC. On pouvait en effet imaginer que celui qui avait abandonné le corps ici connaissait les lieux et avait pu y laisser antérieurement un objet anodin. Le choix d'indices pertinents sur les bords de la départementale était encore plus délicat. En tout cas rien ne pouvait être assimilé aux affaires personnelles de la victime.

Le survol en hélicoptère fut tout aussi inutile. Les quelques véhicules repérés en stationnement sur cinq kilomètres alentours n'étaient ni abandonnés ni volés. Pas de trace de feu récent, pas de sacs délaissés… La fin de la matinée vit le retour de toutes les équipes, quelque peu dépitées et en tout cas bredouilles.

L'adjudant-chef Banyoul amena Hatlant et toute l'équipe dans un petit restaurant de la cité, pour le déjeuner. Banyoul commandait la brigade depuis quelques années déjà et comptait bien y terminer sa carrière. Grand bonhomme sympathique, approchant la cinquantaine, son visage, pourtant creusé par les rides, exprimait toujours un optimisme inébranlable. Il connaissait le Comté comme s'il avait toujours vécu là et entretenait d'excellentes relations avec les habitants hormis, cela s'entend, avec les rares voyous des alentours. Il avait donc ses entrées dans tous les établissements de la cité et avait choisi, pour accueillir les enquêteurs, un restaurant voisin de la brigade. Le patron avait dressé une table dans une pièce voûtée, à l'écart de la salle principale, bondée pour le repas dominical. Les convives ne manquèrent cependant pas d'observer et de dévisager tous ces arrivants, en uniforme bleu ou en treillis kaki. Les conversations s'arrêtèrent un bref moment, puis reprirent de plus belle.

Une fois dans la salle réservée, tous s'attablèrent sans ordre aucun de préséance, Hatlant ayant clairement fait comprendre son peu de goût pour un formalisme rigide. Mais, malgré la fraîcheur de la vieille bâtisse et la qualité du menu, propices à la détente, les conversations restaient centrées sur le meurtre. Les commentaires n'étaient guère optimistes. Banyoul était le plus confiant et ne doutait pas des résultats des recherches futures. Hatlant, plus par calcul tactique pour soutenir le moral de ses troupes, que par conviction profonde, lui emboîtait le pas. De brèves tentatives de diversion, pour détendre l'atmosphère, furent sans succès. Même l'évocation de la victoire tricolore à la coupe du monde de football ne triompha que peu de temps de la morosité. Le lieutenant Hatlant avait même abondé dans les commentaires enthousiastes sur l'équipe de France, malgré le profond désintérêt qu'il portait à ce sport, devenu les jeux du cirque des temps modernes : « du pain et des jeux » songeait-il, en écho à une ancienne citation latine. Heureusement, un appel de l'adjudant Breton, sur le mobile d'Achille, ranima l'espoir.

Après diverses vérifications par téléphone avec des unités de gendarmerie en Alsace, Breton et son coéquipier étaient partis, tôt ce matin, pour Bruwiller, au nord de Strasbourg, lieu de domicile de la famille Fouvier.

— Mes respects, mon lieutenant. Nous sommes bien arrivés et les premières informations semblent intéressantes, commença Breton.

— Je vous écoute, mon adjudant.

— Henri Fouvier, le père de Christelle, habite dans un petit pavillon à côté de Bruwiller. Il y vit seul depuis que sa femme l'a quitté, il y a quatre ans. Ce n'était pas la mère de Christelle, décédée il y a dix ans. De cette deuxième union est née une fille, demi-sœur de Christelle qui est partie avec sa mère. En fait, d'après les renseignements de la brigade, Henri est connu pour alcoolisme et a un tempérament violent. Sa deuxième femme l'a quitté à la suite de coups et blessures dont elle avait fait l'objet. À cette époque, lors de son audition, elle avait dénoncé des abus sexuels qu'aurait commis Henri sur Christelle. L'enquête n'a pas permis d'établir les faits. Le procès-verbal indique que Christelle a nié avoir été victime de tels agissements. Les gendarmes ont cependant eu des doutes. Elle multipliait les fugues et avait une scolarité déplorable. Depuis qu'elle est majeure, la brigade ne l'a plus jamais vue dans le secteur.

— Et concernant l'affaire de stups ? demanda Achille, impressionné par la rigueur et la densité du compte rendu de Breton.

— C'était il y a deux ans à Rembach. À l'occasion d'un contrôle mixte des douanes et de la gendarmerie, elle avait été trouvée en possession d'un pain de deux cent cinquante grammes de résine de cannabis. Une autre fille en portait autant. Elles étaient passagères d'une voiture conduite par un gars déjà connu pour du trafic. Il y a eu une comparution immédiate devant le tribunal mais pas de prison ferme. Le type est passé au travers. Il s'agissait d'un nommé Mustapha Ahmed, demeurant à Strasbourg. La fille, Laure Pagès vivait dans un squat à Strasbourg mais était originaire d'Avignon.

— Cela nous fait toujours un maigre lien avec le sud, dit Achille.

— On va continuer à creuser toutes ces pistes ici, précisa l'adjudant.

— Pour le père, commencez par une surveillance, on fait le point demain matin. De toute façon, il faudra l'aviser du décès de sa fille.

— Pour l'instant il est absent. Il est peut-être parti en week-end, répondit Breton.

Ayant fait part des résultats obtenus aux convives, Achille, de retour à la brigade, vérifia avec le minitel la présence de familles Pagès sur Avignon. Il y en avait trop pour se lancer pour l'instant dans une recherche exhaustive. La brigade d'Avignon n'avait pas, quant à elle, de Laure Pagès à son fichier.

L'après-midi s'annonçait calme, trop calme. L'enquête piétinait dans l'esprit d'Achille. Il aurait voulu que tout avance bien plus vite. Il en profita, en deux coups de fil, pour rendre compte de la situation des investigations au capitaine Fresnes et au substitut du procureur de la République. Le parquet souhaitait ouvrir une information judiciaire dès le lendemain matin. Le reste de l'après-midi allait donc être employé à rédiger et mettre en forme l'essentiel de la procédure pour présenter un dossier suffisamment complet au juge d'instruction qui allait être chargé de l'affaire.

En pleine rédaction du procès-verbal de synthèse, Achille fut interrompu par le planton de la brigade, lui annonçant que, pour la troisième fois de la journée, il avait une journaliste du quotidien régional *Midi libre* au téléphone. Elle voulait parler à un enquêteur. Le planton ne savait plus comment s'en débarrasser.

— Passez-la-moi, indiqua Achille.

— Lieutenant Hatlant, section de recherches de Nîmes.

— Bonjour lieutenant, Frédérique Richard, du *Midi libre*.

— Bonjour Madame, que puis-je pour vous ?

— Mademoiselle, s'il vous plaît. Voilà, je sais que vos services travaillent sur une affaire de meurtre. Le corps d'une jeune femme a été découvert dans la garrigue, non loin de Montparoux. Où en est votre enquête ?

Splendide ! songea Achille avec amertume, elle en sait déjà presque autant que nous.

— Eh bien, je peux vous dire que la section de recherches, la BRD de Nîmes et les unités de la compagnie de Salèze, en particulier la BR de Salèze et la brigade de Montparoux participent à l'enquête, sous la direction du parquet de Nîmes. Pour l'instant aucune piste n'est privilégiée, répondit Achille.

— Ça, c'est le communiqué officiel, enchaîna-t-elle d'une voix moqueuse. On m'a dit qu'elle avait été trouvée nue. S'agit-il d'un crime sexuel ? Connaît-on son identité ?

— Vous devriez demander au parquet.

— Oui, mais un dimanche, impossible d'avoir le magistrat de permanence. On ne veut pas me communiquer son numéro privé. Soyez sympa, il m'en faut un peu plus pour mon article…

— D'accord. Ce que je peux vous indiquer c'est qu'elle est identifiée et que ce n'est personne de la région. Quant au mobile du crime, il est trop tôt pour avoir la moindre certitude.

— Alors c'est une touriste, qui était en vacances à Montparoux ? renchérit la journaliste.

— Écoutez, je n'ai plus rien à dire sur cette affaire.

— O.K., merci. Le gendarme, au standard, a pris mes coordonnées, vous m'appellerez s'il y a du nouveau ?

— Je vous appelle dès que nous aurons des éléments à communiquer à la presse.

— Merci, à très bientôt.

Ayant raccroché, Achille resta un moment songeur. Quand je pense que, dans ce métier, c'est moi qui suis supposé mener les interrogatoires, se dit-il. En tout cas, le fait d'avoir écarté la possibilité d'une victime locale pouvait faire diminuer l'intérêt des médias. Elle avait une voix charmante, pensa-t-il, mais peut-être était-ce tout simplement un impératif professionnel…

Ces réflexions sur la presse lui remirent en mémoire un ordre du capitaine Fresnes : ne pas oublier d'adresser un message à la police nationale, plus précisément au service régional de police judiciaire – « SRPJ » dans le langage courant - de Montpellier, pour leur donner les premières données de l'affaire, au cas où des rapprochements seraient possibles avec des faits enregistrés par leurs services. Hatlant exécuta les instructions reçues. Il reprit ensuite la rédaction de sa synthèse. Le major Da Silva se chargeait de son côté de vérifier la forme des procès-verbaux rédigés par les autres enquêteurs et de mettre en page le dossier d'enquête. Les planches photographiques, le croquis, quelques réquisitions et les procès-verbaux d'investigation établis à Strasbourg seraient joints plus tard.

Aucune réunion ne fut programmée ce soir-là, au vu des maigres informations recueillies dans la journée. Les axes de travail seraient définis demain en début d'après-midi, après l'ouverture d'information.

De retour à Nîmes vers vingt heures, après s'être débarrassé de sa tenue, de son arme et de sa sacoche, Achille trouva quelques messages sur son répondeur. Des copains de la fac de Montpellier, avec lesquels il avait repris contact depuis sa mutation à Nîmes, lui proposaient une sortie pour le samedi soir prochain et, deuxième appel, sa sœur aînée, Julie, appelait pour prendre des nouvelles. Achille lui téléphona aussitôt, ravi de lui parler. Depuis quelques mois déjà, ses relations avec Julie s'étaient nettement améliorées. S'il arrivait encore à sa sœur de dire de lui qu'il avait bien mal tourné en s'engageant dans les forces « de la répression », c'était maintenant sur un ton de douce ironie et non plus de mépris glacé… Pourtant, l'arrivée de l'uniforme dans le cercle familial restait difficile à supporter pour Julie. Elle répondit à la deuxième sonnerie. Elle était en pleine forme et, lectrice avide de romans policiers, ne manqua pas de se passionner pour l'enquête criminelle dont Achille lui décrivit les grandes lignes. De son côté, elle pestait contre le manque d'esprit critique de ses élèves de seconde et le niveau de leur orthographe. Ils résolurent de programmer une soirée cinéma la semaine suivante.

À ce stade avancé de la soirée, le sommeil et la faim se rappelaient tous deux, avec insistance, à l'attention d'Achille. Hélas, le réfrigérateur ne gardait plus dans ses flancs qu'un reste de fromage, quelques œufs et de la mayonnaise. Tant pis, le courage lui faisant défaut pour un passage dans le « drive-in » spécialisé dans les hamburgers géants, pourtant tout proche de la caserne, Achille se résolut à réchauffer le contenu d'une boîte de raviolis au four à micro-ondes. Il était déjà trop tard pour jeter un œil sur le journal télévisé. Il avala son repas en quelques minutes, puis bouquina un peu, sans arriver à se concentrer réellement sur le roman de science-fiction récemment acheté. Le petit côté spartiate de cette vie en solitaire commençait de nouveau à lui peser. Il allait falloir songer à retrouver une petite amie, pensa-t-il vaguement.

Morphée l'emporta cette fois sans effort.

Mais, pendant qu'Achille dormait paisiblement, l'enquête continuait.

En bordure de la départementale 582, le véhicule banalisé des motards photographiait sans relâche les véhicules empruntant cet axe pendant la nuit.

À Bruwiller, l'adjudant Breton surveillait, avec un collègue de la brigade des recherches locale, le domicile d'Henri Fouvier. Le chef Tournaise et un autre membre de cette BR devaient prendre la relève en deuxième partie de nuit.

C'est vers vingt-deux heures trente que la Renault 19 de Fouvier vint se garer devant son domicile. L'homme était seul à bord. De taille moyenne, avec un embonpoint marqué, les cheveux grisonnants cernant un début de calvitie, il avait la physionomie d'un quinquagénaire tranquille. Il récupéra un sac de voyage sur le siège passager, ferma la voiture et rentra chez lui. A priori, il ne semblait nullement inquiet et n'avait pas jeté le moindre regard vers la rue, les maisons voisines ou les véhicules en stationnement, dont le break blanc de la SR.

À l'intérieur de la petite villa, les lumières restèrent allumées une courte demi-heure. La dernière pièce éclairée, la chambre certainement, ne donnait pas directement sur la rue.

Toujours précis et efficace, Breton, après quelques minutes, fit un passage à pied près de la Renault 19 et, d'un bref coup de lampe torche, éclaira l'intérieur, pour noter les objets présents dans l'habitacle et le kilométrage. Il enfila une paire de fins gants de plastique et vérifia la fermeture du coffre. Ce dernier n'était pas verrouillé. L'adjudant s'éloigna alors de quelques centaines de mètres, empruntant une rue perpendiculaire. Il fallait éviter que son manège près de ce véhicule en stationnement n'attire l'attention. Il patienta une dizaine de minutes, puis, revenant sur ses pas, s'approcha à nouveau de la Renault. Il entrouvrit la malle d'un geste sec, tout en y introduisant sa lampe. Rien de suspect, seulement quelques outils, mais une forte odeur de vinasse, comme si une bouteille s'était renversée et vidée là, il y a peu.

— Inutile de poursuivre la surveillance cette nuit, indiqua l'adjudant Breton à son équipier, on planquera à nouveau tôt demain matin.

* * *

CHAPITRE III

Un rite immuable s'était construit au fil des ans à la SR. Les matinées commençaient, même dans les situations les plus urgentes, par une pause café autour du percolateur qui trônait sur le bar, sur un côté de la salle de réunion. Les autres bureaux, peu spacieux, s'échelonnaient de chaque côté d'un long couloir central. La configuration des lieux ne favorisait vraiment pas la communication. Le rituel du café abolissait en fait nombre de cloisons physiques et hiérarchiques. C'était aussi le moment, pour le patron, de faire un tour d'horizon des dossiers avec tous ses enquêteurs. Ce lundi matin-là, le capitaine Fresnes n'avait pas fait exception à la tradition et buvait par petites gorgées le liquide noir, assis sur un tabouret de bar, avant de partir avec une équipe sur Paris, pour conclure une longue enquête en matière de délinquance financière. Il paraissait toujours aussi grand, avec son mètre quatre-vingt-dix et sa silhouette longiligne. Il observait Hatlant de ses yeux sombres, comme pour l'inviter à parler.

Achille, ayant discrètement ôté ses lunettes, brossa, pour la quinzaine de personnes présentes, le résumé de l'affaire criminelle du week-end. Les questions fusèrent et certains avançaient déjà des esquisses d'hypothèses. À la SR, si les enquêtes sur des meurtres étaient assez fréquentes, au rythme d'environ une dizaine chaque année, elles ne manquaient pas de passionner tout ce petit monde. Aussi, l'adjudant-chef Rémy, vieil habitué des dossiers d'homicides, fut-il ravi d'être désigné par Fresnes pour seconder Achille dans la direction de l'enquête. Une équipe formée du chef Fitou et du gendarme Vaillant était également chargée de renforcer le dispositif. Ils avaient tous la qualité d'officier de police judiciaire et disposaient donc des prérogatives les plus importantes conférées par la loi aux membres des forces de police et de gendarmerie.

Avant de partir pour Paris, Fresnes entraîna Achille dans son bureau.

— Bon, alors comment trouves-tu ce début d'enquête ? demanda le capitaine.

— Pas du tout évident, mon capitaine. On applique les schémas standards de la direction d'enquête criminelle, comme dans les cours de police judiciaire, mais force est de constater que c'est surtout le hasard ou plutôt la chance, qui fait avancer l'affaire.

— C'est la bonne méthode. C'est justement parce que nos recherches sont systématiques et n'oublient aucun aspect du dossier que les renseignements ou les indices se prennent, d'une certaine façon, dans nos filets. Maintenant, le facteur chance n'est en aucun cas négligeable. Reste l'intuition, le flair comme on dit, mais peut-être pour seulement dix pour cent du job.

— J'espère surtout que nous trouverons des témoins ayant fréquenté ou vu récemment la victime.

— C'est quasiment certain, même s'il fallait éventuellement recourir à un appel à témoin par voie de presse. À propos de presse, j'ai feuilleté le *Midi libre*. L'affaire fait déjà du bruit.

— J'ai été appelé hier par une journaliste, répondit Achille, gêné. Elle disposait déjà de pas mal d'éléments, j'ai essayé de calmer le jeu, de dédramatiser l'affaire.

— Oui, c'est bien. De toute façon, ils ont d'autres sources. Il vaut mieux leur parler et tenter de garder, en jouant la franchise, la maîtrise de l'information. On donne ce qu'on peut donner, on garde le secret sur les éléments importants pour l'enquête. D'autre part, tu te doutes que j'ai placé à tes côtés Rémy parce qu'il t'apportera un grand soutien. C'est un vieux renard, il a beaucoup d'expérience.

— Avec lui et les deux équipes de Breton et de Fitou, plus les enquêteurs de la BRD et de la compagnie de Salèze, en tout cas, on a mis le paquet.

— C'est tout à fait nécessaire. Hélas, ils ne pourront pas rester mobilisés sur ce meurtre très longtemps, la SR a déjà beaucoup de dossiers sur les bras… Enfin, bon courage. Appelle-moi pour faire un point de temps en temps.

— Sans problème, mon capitaine.

Décidément, songea Achille, je suis tombé sur un chef hors du commun. Fresnes, s'il gardait quelques distances, jouait un peu le grand frère. Plus ancien à la SR, mais aussi avec déjà une assez longue carrière en gendarmerie – il avait commencé en qualité de sous-officier –, il tâchait de transmettre son expérience tout en respectant le travail et les initiatives des nouveaux venus.

La chance, pour l'heure, n'abandonnait toujours pas le lieutenant Achille Hatlant.

Il était resté à Nîmes pour présenter le dossier au parquet puis l'exposer au juge d'instruction, en fin de matinée. L'adjudant-chef Rémy, Fitou et Vaillant étaient partis pour Montparoux afin de s'imprégner du lieu des faits. C'est le commandant de la brigade de Montparoux qui apprit la bonne nouvelle à Achille, par téléphone. Un de ses gendarmes, en reprenant le travail ce matin, après le week-end de repos, avait cru reconnaître la victime sur les photos prises sur la scène du crime. Il l'avait vue avec tout un groupe de jeunes gens, jeudi en fin d'après-midi, sur un parking de la ville. Achille demanda à ce qu'une enquête de voisinage soit aussitôt entreprise, avec présentation de photos du visage de la victime, aux environs du parking.

Après, une prise de contact avec Breton, qui poursuivait ses vérifications en Alsace, et muni de ces derniers éléments, Achille se présenta au palais de justice. L'entrevue avec le substitut de permanence fut relativement rapide, le magistrat étant très régulièrement sollicité pour diverses affaires en cours, certes de moindre importance. Le juge Forti fut désigné pour l'instruction. Achille l'avait déjà rencontré lors de ses premières visites aux magistrats des différents tribunaux de la cour d'appel. Ce premier contact lui avait laissé une très bonne impression. Le juge était un homme posé, d'une quarantaine d'années. Sa barbe et ses cheveux déjà grisonnants lui conféraient une aura de sagesse. Il semblait en effet particulièrement cultivé et perspicace, tout en restant d'une grande simplicité.

L'entretien dura une bonne heure, dans un grand bureau à peine éclairé, où les armoires et les tables débordaient d'imposants dossiers. Sur la moquette, s'empilaient également les épais volumes des procédures en cours et des cartons contenant des pièces à conviction. Le mobilier vieillot offrait un étonnant contraste avec l'ordinateur dernier cri trônant sur le bureau de la greffière. Le juge se fit expliquer de vive voix toutes les recherches entreprises et leur résultat, demandant des précisions ici, prenant des notes là. Il consulterait le dossier de l'enquête initiale plus tard, lorsque les planches photographiques seraient jointes. Il délivra une commission rogatoire générale pour poursuivre les investigations. Achille obtint également la mise en place d'une écoute téléphonique sur la ligne du domicile d'Henri Fouvier, le père de la victime. Ce choix avait fait l'objet d'une discussion avec Breton lors de leur conversation téléphonique. L'adjudant, en effet, vu les renseignements recueillis sur le caractère violent de Fouvier et les accusations portées concernant d'éventuels abus sexuels sur Christelle, ne voulait rien laisser au hasard. Objectivement il avait raison, mais cela n'empêchait pas

Achille d'être mal à l'aise à l'idée de mettre sur écoute le père de la victime…

De retour à son bureau, il eut encore à répondre aux questions de quelques journalistes de la presse écrite et radiophonique régionale qui avaient laissé des messages et souhaitaient quelques précisions sur le meurtre relaté par *Midi libre*. Achille s'en tint aux éléments généraux de l'affaire.

Midi était ainsi déjà largement passé quand Hatlant reprit la route de Montparoux. À son arrivée à la brigade, il ne trouva qu'une jeune gendarme, semblant toute menue, à l'accueil. Ses troupes avaient temporairement déserté pour rejoindre le restaurant. Il en profita pour demander où était le gendarme ayant reconnu la victime. C'était elle. Évidemment, il avait bêtement déduit de l'utilisation, par le commandant de brigade, du genre masculin pour désigner « le gendarme », qu'il s'agissait d'un homme. La féminisation des noms en gendarmerie et d'ailleurs de la gendarmerie en général est encore difficile, pensa-t-il. C'était une petite brune aux yeux presque noirs. Son visage rond et régulier, avec de bonnes joues légèrement rosées, avait un petit côté enfantin.

Ribes, tel était son nom, devait juste atteindre la taille minimale pour les sous-officiers féminins, soit un mètre soixante. Très jeune, à peine vingt ans semblait-il, elle paraissait intimidée. Elle raconta néanmoins posément les circonstances dans lesquelles elle avait croisé la victime.

— Jeudi, en fin d'après-midi, il devait être dix-huit heures, je terminais ma patrouille de surveillance générale avec le gendarme auxiliaire, quand j'ai repéré un petit rassemblement de jeunes gens, aux allures de routards, installés sur le parking de la Place aux Herbes. Ils étaient assis sur les capots ou les coffres des voitures et sur deux motos, à l'ombre. Ils buvaient de la bière. J'ai fait un tour sur le parking. Je crois bien qu'il y avait cinq garçons et trois filles. Je n'ai reconnu personne d'ici. J'ai noté les immatriculations des véhicules autour d'eux, pour les passer au fichier. Résultat négatif.

— Vous avez gardé les numéros ?

— Oui, je les ai donnés au commandant de brigade, il a identifié les propriétaires ce matin. Il y a un peu de tout. En plus je ne suis pas sûre du lien entre les jeunes et les véhicules. J'ai pris tout ce qui était à côté d'eux.

— En tout cas c'est du bon boulot. Mais, vous souvenez-vous de la tenue de Christelle Fouvier, la victime ?

— Elle, je m'en souviens bien. Quand je suis passée à côté du groupe, sur le parking, ils ont rigolé. Elle s'est même approchée de notre fourgon et m'a proposé, ma vitre étant baissée, de boire une bière. C'est pour cela que je suis certaine de la reconnaître sur les photos. Pour ses vêtements, je suis moins affirmative. Je crois qu'elle portait un jean délavé et un tee-shirt noir avec un motif et un texte blanc. J'ai vaguement associé le motif à un groupe de musique, style hard rock ou dans ce genre-là. Mais c'est surtout une impression.

Pendant cette discussion, les enquêteurs, par petits groupes, rejoignaient les bureaux.

— Alors, mon adjudant-chef, avez-vous au moins pensé à me ramener un petit quelque chose à manger ? demanda Achille en souriant.

— Ah ! Euh !... Non, je pensais que vous auriez déjeuné, répondit confusément l'adjudant-chef Banyoul.

— Mon gars, ce n'est pas bon pour ton avancement, renchérit l'adjudant-chef Rémy, s'adressant à Banyoul. Tu t'imagines bien qu'à cet âge-là, les lieutenants ont besoin de manger et de prendre des forces...

— C'est sûr. Je ne puis travailler dans ces conditions, reprit Achille en riant, non sans noter la petite pique, bon enfant, de Rémy, concernant sa jeunesse.

— N'en parlons plus, je vous commande ce que vous voulez, conclut Banyoul avec bonhomie. Je suis tout disposé à faire le tour des restaurants du Comté... Je vous promets que vous n'aurez plus faim !

Un sandwich suffit. Il fallait rapidement lancer les investigations de l'après-midi. La réunion de synthèse permit de dresser le bilan des avancées de la matinée.

Sur la base des renseignements fournis par Ribes, l'enquête de voisinage n'avait pas amené directement de témoignage déterminant. Le groupe de jeunes gens avait été remarqué par plusieurs personnes à partir de la fin d'après-midi. En tout début de soirée, des riverains s'étaient plaints du bruit qu'ils occasionnaient. Ils écoutaient de la musique, chantaient et criaient, ils semblaient passablement ivres. Ce tapage avait entraîné l'intervention de la police municipale aux alentours de vingt et une heures. L'adjudant-chef Banyoul avait donc demandé à ces policiers de passer à la brigade pour enregistrer leurs témoignages. Ils devaient arriver d'un moment à l'autre.

Concernant l'identification des véhicules, les deux motocyclettes étaient immatriculées dans le Vaucluse. La première appartenait à un certain Angelo Forte, vingt-trois ans, demeurant en Avignon, la seconde à Bruno Martin, vingt ans, également d'Avignon. Ces derniers étaient connus des services locaux pour différentes affaires de vols à la roulotte et vols de véhicules. Pour les automobiles, l'une appartenait à quelqu'un de Montparoux, sans rapport avec la bande. Les quatre autres se répartissaient entre les départements de l'Hérault, du Gard et Paris. L'âge des propriétaires dépassait la quarantaine. Un véhicule surtout attirait l'attention, car il était immatriculé en 67, le Bas-Rhin, ce qui évoquait immanquablement la région d'origine de Christelle. D'après les fichiers, ce vieux modèle de petit camping-car Volkswagen était la propriété de Paul Muller, vingt-neuf ans, demeurant à Haguenau, sans antécédent judiciaire.

Hatlant répartit les missions concernant les vérifications sur ces personnes, en chargeant Breton, déjà sur place, d'apporter une attention toute particulière à Muller. Il demanda également à une équipe, avec un technicien de la BR de Salèze – les autres TIC assistant au même moment à l'autopsie – de retourner avec Ribes sur le parking et de rechercher des objets ayant pu être jetés par le groupe de jeunes gens, notamment des cannettes de bière. Même plusieurs jours après, il ne fallait rien négliger. Deux enquêteurs de la brigade étaient enfin chargés de prendre la déposition des policiers municipaux qui venaient de se présenter à l'accueil.

Le brigadier-chef Gerfaut et le brigadier Delcamp, de la police municipale, s'étaient rapidement libérés pour venir apporter leur contribution à une affaire criminelle qui, déjà, était au centre des conversations dans la petite ville. Ils saluèrent tous les gendarmes présents et on leur offrit d'abord une tasse de café. Évidemment, gendarmes et policiers municipaux travaillaient au quotidien à des tâches complémentaires et se connaissaient bien. Gerfaut, approchant la cinquantaine, avait d'abord fait carrière dans l'armée. Il y avait déjà presque dix ans que sa physionomie quelque peu bedonnante était connue et appréciée dans les rues de la cité. Delcamp n'occupait ses fonctions que depuis trois ans, mais s'était imposé par son sérieux et sa rigueur. D'âge mûr, autour de la quarantaine, ses cheveux blonds en brosse, ses yeux bleus et ses traits secs lui donnaient en effet un air décidé et autoritaire.

— Alors, en deux mots, qu'avez-vous remarqué au contact de ces jeunes gens, jeudi soir ? questionna Achille, pressé de savoir s'il pouvait obtenir quelque renseignement capital.

— J'ai peur de ne pas pouvoir vous apporter grand-chose, répondit le brigadier-chef. Nous sommes intervenus vers vingt heures trente. Ils étaient sept, quatre garçons et trois filles. Ils avaient certainement un peu trop bu ou trop fumé de joints. Ils faisaient pas mal de bruit, mais d'un autre côté, à cette heure-là, on ne pouvait pas dire grand-chose. Nous sommes allés sur place surtout pour rassurer les habitants. Enfin, bref, on leur a juste demandé de faire moins de bruit...

— Mais ils se sont énervés, et le ton est très vite monté, interrompit le brigadier. Ils ont commencé à nous traiter de sales flics, de valets des bourgeois, et j'en passe...

— C'est vrai que les choses se sont envenimées, mais je n'ai pas répondu aux provocations, je leur ai dit alors de quitter les lieux, sinon on relevait un outrage à agent de la force publique. Après encore pas mal d'invectives et de discussion ils ont enfin obtempéré. Ils sont partis à bord d'un camping-car, sauf deux qui étaient à moto. L'un d'eux était tellement rond que nous avons dû l'aider à monter dans le Volkswagen.

— Avez-vous identifié tout ce petit monde ? demanda Achille, sans préciser qu'il aurait été bien plus prudent de ne faire conduire personne.

— J'ai noté les immatriculations et les noms et adresses qu'ils m'ont donnés, expliqua le brigadier Delcamp. Mais ils disaient ne pas avoir de papiers d'identité sur eux, et je crois qu'ils m'ont raconté n'importe quoi. Mais je pense que je pourrais donner une bonne description.

— Parmi les hommes, j'en connais un de vue. Le plus âgé, qui était aussi le plus saoul. C'est un clochard que l'on croise parfois en ville. Un gars plutôt tranquille, ajouta Gerfaut.

— Avez-vous remarqué quelque chose concernant plus particulièrement la jeune femme que vous avez reconnue sur les photos ?

— Rien de spécial, dit Gerfaut. Elle était à la fois moins éméchée et moins agressive que les autres. Elle prenait plutôt ça à la rigolade.

— Moi, précisa Delcamp, j'ai remarqué que l'un des motards ne la quittait guère des yeux. J'ai même eu l'impression qu'il s'opposait à nous exprès pour se mettre en valeur. Il était très agressif.

— Oui, peut-être, confirma Gerfaut.

— Et ce motard, comment était-il ? questionna Achille.

— Je m'en souviens bien, parce que c'était le plus violent, affirma le brigadier. Il doit mesurer près d'un mètre quatre-vingt-cinq, plutôt baraqué, vingt ans environ, type méditerranéen. Il portait un ensemble en jean et sur le dos du blouson une tête de mort, rouge et noire. Tenez j'ai sur mon carnet le nom qu'il m'a donné et le numéro de sa moto.

— Moi pour la description, je ne suis pas trop sûr, avoua le brigadier-chef.

— Vous souvenez-vous de l'autre motard ? relança Hatlant.

— Il était plus petit, avec des cheveux châtain clair longs, vers le même âge… Pour la tenue, c'était dans le style jean, mais je ne suis pas sûr, indiqua Delcamp.

— Et depuis cet incident, avez-vous revu l'un ou l'autre des intéressés ?

— Non, répondit Gerfaut avec l'approbation de son brigadier, à mon avis ils ne sont plus sur Montparoux.

Quelques questions supplémentaires ne débouchèrent sur rien de vraiment concret. Les immatriculations relevées par le brigadier Delcamp correspondaient effectivement aux numéros des deux motocyclettes et du camping-car notés par la patrouille de gendarmerie. Par contre, les noms pris par les policiers municipaux étaient tous différents des identités des propriétaires de ces véhicules, inscrites au fichier national. Il n'y avait aucune conclusion à en tirer pour l'heure : noms inventés, moto prêtée, absence de déclaration de changement de propriétaire… tout était possible. Dès lors Achille fit inscrire les motos et le camping-car au fichier des véhicules volés avec une mention spéciale de recherche dans le cadre d'une affaire criminelle et lança un message d'attention à toutes les unités de gendarmerie et de police au niveau national. Avec plus de deux cent mille policiers et gendarmes en France, il y avait tout de même un espoir de retrouver ces engins.

Les rapports des différentes équipes se succédèrent tout au long de l'après-midi.

La recherche de bouteilles ou autres objets abandonnés sur le parking d'où les jeunes gens avaient été chassés était peu concluante. Les poubelles avaient été vidées depuis. Une seule cannette de bière vide avait été récupérée au sol, sous une voiture à côté de l'emplacement où se trouvait le camping-car. Avait-elle seulement le moindre lien avec l'affaire ?

Banyoul cherchait de son côté à localiser le clochard, surnommé Mimille, qu'il avait lui aussi remarqué à diverses reprises dans le Comté.

Le repérage des motards s'avérait difficile. Bruno Martin, d'après les enquêteurs du Vaucluse qui l'avaient appréhendé pour de petits vols, vivait toujours chez ses parents, en tout cas par intermittence, même si visiblement il ne s'entendait guère avec eux. Il ne travaillait pas ou alors faisait de petits boulots. Pour Angelo Forte, l'adresse du fichier n'était plus bonne. Sa précédente logeuse ne savait pas où il était allé. Le commissariat de police et la gendarmerie d'Avignon avaient par contre les mêmes renseignements sur deux ou trois cafés qu'il fréquentait habituellement. La rumeur disait aussi qu'il disposait d'un box, petit garage ou cellier, où il cachait le fruit de ces activités illicites. Les premiers passages devant le domicile des parents du premier et les bars du second n'avaient rien donné, pas de trace d'eux ni de leurs engins.

Pourtant, les recherches prenaient la bonne direction. En effet, les photographies des deux garçons, récupérées auprès des services les ayant interpellés dans le passé, étaient formellement reconnues, parmi une série de vingt portraits de personnes de même âge et physionomie générale, par les policiers municipaux et par Ribes. Ces motards étaient donc des témoins importants, pouvant permettre d'éclairer enfin la vie, les habitudes, les fréquentations récentes de Christelle Fouvier. Ils étaient aussi des suspects possibles. Achille hésitait entre plusieurs tactiques pour les aborder.

— Mon adjudant-chef, demanda-t-il à Rémy, comment vous y prendriez-vous avec Forte et Martin ? J'ai peur qu'en les interrogeant normalement, comme des témoins classiques, ils ne soient pas naturellement enclins à nous dire ce qu'ils savent. En plus, s'ils sont considérés comme suspects, en nous dévoilant, nous leur indiquons forcément où en est l'enquête.

— Ce serait dommage, à mon avis, de ne pas faire d'abord un environnement complet pour savoir quelles sont leurs activités exactes et leurs fréquentations du moment. Surveillons la maison et branchons le téléphone des Martin. En localisant Forte nous ferons de même avec lui, répondit Rémy.

— Cela risque de demander pas mal de temps et de mobiliser l'essentiel de nos forces. Plus le temps passe, plus nos chances de découvrir des indices matériels sur des suspects s'amenuisent.

— On peut se fixer un délai court pour avoir de premières impressions et tout de suite après on les entend comme témoins. C'est un bon compromis, avança l'adjudant-chef.

— D'accord, demandez l'interception téléphonique, je fais le point des véhicules banalisés et des équipes nécessaires pour les surveillances. On récolte le maximum d'informations pendant trente-six heures, jusqu'à mercredi matin, décida Hatlant.

Alors qu'il programmait le dispositif de surveillance, Achille reçut un appel de l'adjudant Robion qui venait d'assister, comme prévu, à l'autopsie de la victime. Les conclusions de l'examen initial étaient confirmées et affinées. Les traces autour du cou étaient probablement consécutives à une tentative de strangulation manuelle, de face. Le couteau utilisé avait une lame de dix centimètres de long et un de large, à la base. L'arme pouvait donc être d'un modèle très commun, le style de couteau que beaucoup de gardois portaient dans un étui à la ceinture. Il y avait eu une lutte avec l'agresseur, vu la pluralité des coups de couteau et les diverses ecchymoses. Le corps avait dû effectivement être déplacé peu de temps après la mort. Le créneau horaire du décès était avancé. Selon le légiste, la mort se situait entre vingt heures et deux heures du matin. D'après le bol alimentaire, avant une analyse plus poussée, on pouvait affirmer qu'elle n'avait pas pris de repas dans les trois à quatre heures précédant le meurtre. On notait enfin de légères lésions post-mortem, à la tête, aux jambes et aux pieds, probablement consécutives au transport du corps. Elles pouvaient, par exemple, correspondre à des chocs avec les arêtes d'un coffre de voiture. Concernant les analyses génétiques, les prélèvements étaient en route vers le laboratoire.

Pour tout ce qui concernait la police technique, Hatlant n'avait aucune crainte. L'adjudant Robion avait une solide réputation au sein des spécialistes de l'identification criminelle. Il était régulièrement convié à donner des cours au centre de formation de Fontainebleau où la gendarmerie dispensait un enseignement de pointe aux futurs techniciens. Certains l'appelaient même, amicalement, « le mousquetaire de la police technique ». Ses cheveux bruns ondulés, sa fine moustache son visage allongé et surtout sa mince barbichette n'étaient toutefois pas étrangers au surnom.

Les enquêteurs étant très dispersés, entre Montparoux, Avignon et Nîmes, Hatlant ne tint aucune réunion ce soir-là. Il donna ses instructions par téléphone ou par radio, et fit un résumé de la journée pour chaque équipe, avec également le point des investigations menées en Alsace.

* * *

CHAPITRE IV

Tôt, en ce lundi matin, l'adjudant Breton se servait une petite tasse de thé chaud, prélevée sur le thermos qu'il emmenait toujours pour les missions de longue durée. On pouvait facilement lui trouver un air de détective anglais, sorti tout droit de romans policiers d'outre-Manche. Toujours très soigné, les cheveux châtains tirant vers le blond impeccablement coiffés, arborant une fine moustache bien taillée, il avait belle allure.

Il attendait qu'Henri Fouvier vaque à ses activités quotidiennes. Il savait, d'après les archives de la brigade, que Fouvier avait travaillé comme mécanicien à Bruwiller. Mais, le garage qui l'employait alors ayant fermé, Breton ignorait quelle était son activité professionnelle actuelle.

Vers sept heures trente, le père de la victime sortit et prit le volant de sa voiture. Breton le fila, dans des conditions bien peu satisfaisantes, avec un seul véhicule et sans balisage radioélectrique de sa « cible ». Mais Fouvier conduisait apparemment sereinement, sans remarquer le break blanc de la SR, pourtant souvent visible dans son rétroviseur.

Sa destination, un garage automobile en périphérie d'Haguenau, était tout à fait banale. Il semble bien, songea Breton, qu'il ait une petite vie tranquille et bien réglée. L'adjudant décida d'attendre le soir, son retour à Bruwiller, pour lui apprendre le décès de sa fille et procéder à une première audition. Pour la journée, il voulait faire quelques vérifications supplémentaires sur les personnes arrêtées à l'époque avec Christelle pour l'affaire de stups : Laure Pagès et Mustapha Ahmed. Tournaise, de son côté, devait retrouver la trace de la seconde épouse de Fouvier, belle-mère de Christelle.

Avec son identité et l'adresse qu'elle avait mentionnée dans sa plainte pour violences contre Henri, Tournaise la localisa rapidement dans un nouvel appartement à Strasbourg. Annie Paret vivait seule, avec sa fille.

Pour l'adjudant Breton, la localisation d'Ahmed fut également aisée. Il était tout simplement derrière les barreaux, à la suite d'une nouvelle affaire de drogue. Par contre, Laure Pagès s'avérait insaisissable. En Alsace, on remontait sa piste sur diverses petites affaires, du vol à l'étalage dans les grandes surfaces à l'outrage et à la rébellion envers les agents de la force publique. Chaque fois elle était déclarée sans domicile ou logeait dans un hôtel minable, dans un squat ou encore chez un copain. Mais elle n'avait plus fait parler d'elle depuis un an environ. Ses anciennes fréquentations disaient qu'elle avait quitté la région et prétendaient ne rien savoir d'autre.

Après un échange d'information avec le lieutenant Hatlant, Breton demanda à Tournaise de mettre en place l'interception téléphonique sur la ligne de Fouvier. Dans l'après-midi, vu les nouveaux éléments recueillis à Montparoux, il suivit la piste du camping-car immatriculé dans le Bas-Rhin.

Son propriétaire officiel, Paul Muller, habitait à Haguenau dans une vieille maison fort mal entretenue. Devant la grille donnant sur un jardinet livré aux mauvaises herbes, une Mercédès, d'un ancien modèle, semblait indiquer que l'occupant des lieux était là. Breton hésita un petit instant. Il se demandait si le meilleur angle d'approche ne consistait pas à envoyer deux gendarmes de Haguenau, prétextant une enquête suite à une infraction au code de la route concernant le camping-car Volkswagen. D'un autre côté, il risquait d'obtenir une réponse mensongère pour une simple contravention, alors que Muller serait peut-être beaucoup plus franc dans le cadre d'une enquête criminelle...

Un homme d'une trentaine d'années sortit à ce moment de la maison. Il était en survêtement et chaussures de sport et portait, sous le bras, un emballage en papier kraft semblant recouvrir un cadre ou un tableau. Breton se décida pour l'approche directe et aborda l'intéressé alors qu'il franchissait la grille.

— Monsieur Muller ?

— Oui, c'est moi.

— Excusez-moi de vous déranger, adjudant Breton, de la gendarmerie de Nîmes, se présenta le sous-officier en exhibant sa carte professionnelle.

— La gendarmerie de Nîmes ? répéta son interlocuteur, très surpris.

— Tout à fait. Nous enquêtons sur une affaire criminelle, et peut-être pourriez-vous nous éclairer sur un véhicule qui est susceptible d'avoir un rapport avec les faits.

— Alors, là, je ne vois pas très bien. Mais peut-être voulez-vous entrer, nous serons mieux à l'intérieur.

— Merci, avec plaisir.

Le rez-de-chaussée, en tout cas le petit hall et la grande pièce faisant office de salon et de salle à manger que vit Breton, était dans le même état d'entretien que l'extérieur du bâtiment. Les tapisseries étaient défraîchies, le vernis des boiseries se craquelait. Les meubles étaient par endroits recouverts de poussière. Mais, par contraste, les toiles abstraites aux couleurs vives couvrant les murs donnaient un éclairage brillant à la pièce principale.

— Seriez-vous artiste peintre ? demanda Breton après avoir été invité à s'asseoir dans un fauteuil.

— Effectivement.

— Vos œuvres sont particulièrement lumineuses, j'aime beaucoup.

— Merci… Alors, pourriez-vous m'expliquer en quoi je suis concerné par votre enquête.

— Êtes-vous le propriétaire d'un camping-car Volkswagen ? questionna l'adjudant.

— Ah ! C'est le camping-car… Et non. Comme je suis obligé de le dire de temps à autre à vos collègues qui viennent pour des contraventions, j'ai vendu cet engin.

— Pourtant le changement de propriétaire n'a pas été déclaré en préfecture.

— Il y a un an environ, je l'ai vendu à une jeune femme. On se connaissait un peu, je lui ai donc laissé le Volkswagen lorsqu'elle m'a payé et on devait remplir les papiers plus tard. Je ne l'ai plus revue depuis. Après avoir reçu quelques amendes pour des stationnements, j'ai voulu signaler le changement de propriétaire, mais je ne pouvais pas fournir les documents de la vente. Souplesse administrative oblige, impossible de régler le problème.

— Et donc, vous n'aviez pas de moyen de reprendre contact avec l'acheteuse.

— En fait, elles étaient trois copines. Il y avait Cathy, Laure et Christelle. Je les avais rencontrées sur la place devant la cathédrale de Strasbourg. J'y fais, par période, des portraits pour les touristes. On avait sympathisé. Nous avions fait quelques sorties avec des amis… Un jour, comme elle savait que je cherchais à me débarrasser de mon vieux camping-car, Cathy m'a proposé de l'acheter. On a continué à se voir de temps à autre, puis, plus de nouvelles. Elle ne répondait pas au téléphone, elle était partie de la chambre qu'elle louait…

— Pourriez-vous me donner leurs noms, les adresses et numéros de téléphone, plus, éventuellement, les références du chèque avec lequel elle a payé le véhicule ?

— Et vous, pourriez-vous m'en dire plus sur le rapport entre votre enquête et le camping-car ? J'espère qu'il ne leur est rien arrivé de grave.

— Je ne peux pas vous indiquer grand-chose. Vous savez, il y a le secret de l'instruction. En fait, votre camping-car a été vu par des témoins sur un parking, avec des jeunes gens autour, qui peuvent être des témoins importants d'un crime. Nous essayons de trouver ces jeunes gens, parmi lesquels il y avait peut-être vos amies, pour recueillir leur témoignage.

— Ah ! D'accord. Bon, vous n'allez peut-être pas me croire, comme vos collègues qui viennent pour des PV, mais je ne connais pas leur nom. Pour moi c'était Cathy, Laure, Christelle... Mais, sur mon répertoire, j'ai dû garder le numéro et l'adresse de Cathy. Par contre, elle m'a payé en liquide, vingt mille francs... Je vais vous montrer ce répertoire téléphonique.

— Vous aviez des relations amicales avec ces jeunes filles, avez-vous flirté avec l'une ou l'autre ? demanda Breton.

— Non, non, pas du tout, on était bons amis, c'est tout.

— Vous n'avez pas su pourquoi elles avaient subitement disparu ?

— Parmi les jeunes gens qui les fréquentaient aussi, une rumeur a circulé. Elles auraient volé une grosse somme à un dealer qui cherchait à se venger. Mais, pour moi, cela reste une rumeur.

— Elles avaient un travail ? demanda Breton tout en recopiant les renseignements portés sur le répertoire de Muller.

— Parfois des petits boulots, mais c'était quand même un peu la galère pour elles. Cathy avait un emploi à peu près régulier de serveuse dans une boîte, le Sunlight à Strasbourg.

La conversation se poursuivit quelque temps encore et revint finalement sur la peinture. Muller exposait maintenant dans de petites galeries. Il n'allait pratiquement plus faire des portraits sur les places de la capitale alsacienne. Entre-temps, Breton s'était fait décrire les jeunes filles. La description de Christelle correspondait bien à Christelle Fouvier. Il prit finalement congé, en laissant ses coordonnées et en lui demandant de l'appeler s'il apprenait quoi que ce soit sur les trois jeunes femmes ou le camping-car.

Breton avait trouvé ce jeune peintre particulièrement sympathique. Il était persuadé qu'il avait dit tout ce qu'il savait sur Christelle et ses amies. En tout état de cause, même si l'emploi du temps de Muller ne pouvait guère être confirmé pour le week-end du meurtre – il disait avoir passé tout son temps à peindre à son domicile – l'adjudant ne l'imaginait pas dans un rôle de tueur et n'entrevoyait aucun mobile sérieux.

L'après-midi était alors bien avancé. Breton retrouva Tournaise à Bruwiller, le temps de se répartir les tâches pour aborder le père Fouvier. Breton se chargerait, accompagné d'un gendarme de la brigade, de lui annoncer la triste nouvelle et d'enregistrer sa première déposition. Le chef Tournaise, avec un enquêteur de la BR et une voiture de location, assurerait la surveillance pour la soirée.

Breton se rendit donc au petit pavillon, environ une demi-heure après le retour de Fouvier. Ce dernier laissa entrer très naturellement les hommes en uniforme. L'intérieur de l'habitation révélait, pour Breton, l'absence d'une maîtresse de maison. Aucune comparaison avec le cadre soigné, ordonné, d'une propreté méticuleuse qu'affectionnait généralement l'adjudant. Le désordre régnait et des bouteilles de bière vides, posées à divers endroits donnaient une mauvaise impression. Les présentations faites et Fouvier semblant surpris de la venue d'un gendarme nîmois, l'adjudant avança sa première question :

— Monsieur Fouvier, je crois que vous avez demandé aux autorités administratives de retrouver votre fille, Christelle Fouvier. Avez-vous eu des nouvelles d'elle depuis cette démarche ?

— Non. Vous l'avez retrouvée ? demanda-t-il avec une intonation d'espoir.

— Oui, nous pensons l'avoir identifiée. Mais ce n'est pas une bonne nouvelle que nous avons à vous annoncer.

— Comment ça, pas une bonne nouvelle ? Qu'est-ce que vous voulez dire ? Il lui est arrivé quelque chose ?

— Nous sommes désolés, Monsieur Fouvier. Elle est décédée.

— C'est pas possible... Où elle est ? Elle a eu un accident ? Comment va-t-elle ?

— Restez assis, je vous en prie, Monsieur Fouvier. Voulez-vous un verre d'eau ? proposa Breton, pour faire face aux réactions désordonnées du père de la victime.

Il fallut un long moment aux deux sous-officiers de gendarmerie pour calmer Fouvier et répondre à ses multiples interrogations, en tout cas sur le lieu, la date et les circonstances générales de la mort de Christelle. Le fait d'apprendre que sa fille avait été assassinée accrut encore sa douleur.

— Monsieur Fouvier, croyez bien que nous regrettons sincèrement de vous importuner dans un moment pareil, mais nous aurions besoin d'en savoir un peu plus sur votre fille.

— Hélas, ça faisait des années que je n'avais plus de nouvelles. Elle est partie de la maison dès qu'elle a eu dix-huit ans.

— Pourquoi est-elle partie ?

— Je ne sais pas, je ne comprends pas. Vous savez, elle n'allait pas très bien. Elle avait souvent fait des fugues. Pourtant, je m'occupais beaucoup d'elle, je cédais à tous ses caprices. C'est peut-être à cause de la mort de sa mère, quand elle avait onze ans, ou parce qu'elle ne s'entendait pas avec ma deuxième femme.

— Quelles étaient les fréquentations de Christelle avant de quitter cette maison ?

— Je ne me souviens pas bien de ses copains et de ses copines. Elle ne les amenait pas ici. Moi, je lui disais de faire attention. Mais d'après ce que les professeurs me disaient au lycée, elle était toujours avec des minables qui faisaient les quatre cents coups. Un jour qu'elle avait fugué, je l'ai retrouvée à Haguenau. Elle était avec une sorte de loubard et ils fumaient un joint. Je lui ai cassé la gueule, à ce petit con. De toute façon, tout ça c'est leur faute…

— Qu'entendez-vous par-là ?

— Tous ces jeunes minables lui ont donné de mauvaises habitudes, elle a eu de mauvaises fréquentations, alors que moi je veillais à la protéger et à la dorloter à la maison.

— Vous nous avez parlé de votre deuxième épouse, quels étaient ses rapports avec Christelle ?

— Pas très bons. Je me suis remarié alors que Christelle avait douze ans. Avec Annie, j'ai eu tout de suite une seconde fille, Marie. Annie m'a très vite reproché de m'occuper trop de Christelle et de la préférer à Marie. Elle en voulait à Christelle.

— Quand vous vous êtes séparés, Annie a porté des accusations contre vous, n'est-il pas vrai ? demanda Breton.

— Oui, elle disait que je la battais. C'est vrai, je l'ai frappée une fois. Elle essayait de monter Christelle contre moi, elle m'insultait, je me suis énervé. C'est d'ailleurs ce jour-là qu'elle est allée porter plainte et est partie. Je crois qu'elle cherchait un prétexte.

— Elle vous a aussi accusé d'avoir un comportement anormal avec Christelle.

— C'est des mensonges, elle a voulu me salir. Elle voulait gagner le divorce et être certaine de garder Marie avec elle. D'ailleurs Christelle a bien dit que ce n'était pas vrai.

— Monsieur Fouvier, les noms suivants évoquent-ils quelque chose pour vous : Paul Muller, Laure Pagès, une certaine Cathy, Bruno Martin, Angelo Forte ?

— Je connais plusieurs Muller, mais pas de Paul. Les autres ne me disent rien.

— Bien, Monsieur Fouvier, je vous laisse mes coordonnées et celles de la SR de Nîmes. Vous pouvez nous appeler, même pour les problèmes administratifs liés au permis d'inhumer etc. Pour le principe, nous vous demanderons si vous voulez bien vous soumettre à un prélèvement de salive, c'est pour confirmer l'identification de votre fille par la génétique... Ah ! Dernière formalité, il me faudrait votre emploi du temps de ces derniers jours.

— Pourquoi ?

— La routine, dans ce type d'affaire, on demande systématiquement l'emploi du temps de toutes les personnes qui sont entendues.

— Vous voulez dire que vous me suspectez ? s'emporta violemment Fouvier.

— Pas du tout, c'est un travail de routine. Calmez-vous, tout cela vous a choqué. Je n'insiste pas, ce n'est pas vraiment important. Reposez-vous. Si vous le voulez bien nous repasserons demain, pour enregistrer votre déposition.

— Excusez-moi. Je suis énervé. On verra demain, répondit Fouvier.

Charles Breton quitta les lieux plutôt satisfait de ce premier contact et s'autorisa même à sortir sa vieille pipe de sa sacoche. Il passa à la brigade pour reconduire le gendarme qui l'accompagnait et jeta un œil sur la centrale d'écoute qui veillait sur la ligne téléphonique de Fouvier. Pas d'appel depuis sa visite. Pourtant, en regagnant son hôtel tout en fumant tranquillement, il restait persuadé que la réaction violente de Fouvier à sa demande de précisions sur son emploi du temps était une sorte de diversion...

La surveillance de Tournaise resta vaine. Fouvier était effectivement sorti, vers vingt et une heures, mais seulement pour se rendre dans un bar où, visiblement, il avait tenté de noyer son chagrin dans le cognac. Sur place, il n'avait discuté que brièvement avec le patron. Il était rentré, avec difficulté, aux alentours de minuit. L'enregistrement de ses communications téléphoniques à son domicile ne faisait état que de deux appels passés peu après vingt heures à des membres éloignés de sa famille, auxquels il faisait part de la mort de Christelle, en parlant d'un accident.

Le lendemain matin, mardi, au cours de la rédaction de sa déposition, Fouvier précisa à Breton qu'il avait travaillé la semaine précédente du lundi au jeudi. Le soir il ne sortait pas. Vendredi, il avait récupéré d'un jour de travail supplémentaire et en avait profité pour faire des achats à Strasbourg. Pour le samedi et le dimanche, il avait surtout bricolé dans son garage et n'était pas sorti. Cette version, d'évidence, ne collait pas avec la surveillance assurée le dimanche où, tard dans la soirée, les enquêteurs avaient vu Fouvier rentrer chez lui en voiture avec un petit sac de voyage... Breton se contenta de noter cette déclaration sans paraître douter le moins du monde des propos du père de la victime. Il renouvela ses condoléances en raccompagnant Fouvier à la porte de la gendarmerie, ajoutant avec une hypocrisie certaine, qu'il ne serait plus importuné par l'enquête. L'adjudant aimait assez, dans la conduite de ses investigations, alterner le chaud et le froid. Que Fouvier parte aujourd'hui rassuré, songeait-il, il n'en serait que plus vulnérable demain... Rien ne pressait.

En fin de matinée, ayant obtenu en urgence une extraction de Mustapha Ahmed, Breton procéda à son audition dans les bureaux de la SR de Strasbourg. Le trafiquant de stups n'avait visiblement aucune intention de faire preuve de la moindre coopération. Il disait ne pas se souvenir d'une quelconque Christelle Fouvier ou Laure Pagès... L'entretien tourna court.

De son côté, entre midi et quatorze heures, Tournaise, à nouveau frais et dispos après sa veille nocturne, put interroger Annie Paret, l'ex-épouse de Fouvier. Elle confirma les déclarations qu'elle avait faites lors de sa plainte. Fouvier la battait parfois lors de scènes de ménage. Il avait une attitude et un comportement totalement déplacés avec Christelle. Cela allait de la main aux fesses, aux câlins, aux bisous trop fréquents et sur les lèvres... Elle craignait que des choses plus graves ne se déroulent hors de sa présence. Christelle évitait en tout cas autant que possible ses marques exagérées de tendresse. Mais elle avait nié être victime de quoi que ce soit devant les gendarmes. Annie pensait qu'elle avait voulu ainsi protéger son père. Pour madame Paret, les fugues de Christelle, ses difficultés scolaires et relationnelles étaient directement liées au comportement de Fouvier.

La position d'Henri Fouvier était donc délicate. C'était en tout cas le sentiment de Breton et de Tournaise. Pourtant, cet homme ne donnait pas l'impression de pouvoir commettre un acte aussi horrible que le meurtre de sa propre fille. Le mobile éventuel paraissait toujours bien incertain. Mais Breton était un trop vieux « soldat », pour se laisser uniquement guider par une simple impression. Il fallait lever les incertitudes planant sur Fouvier : il devait proposer à Hatlant une perquisition et une garde à vue à brève échéance.

* * *

CHAPITRE V

Le lundi soir, Achille avait fait un tour en Avignon, la cité des papes, en compagnie de l'adjudant-chef Rémy. Ce dernier connaissait parfaitement la préfecture du Vaucluse et, en moins de trente minutes, ils passèrent devant chacun des bars habituels de Forte et le domicile de Martin. La circulation était pourtant assez dense dans les petites rues de la ville fortifiée et la foule des piétons n'arrangeait rien. Il y avait toujours une ambiance détendue, conviviale ou même festive dans la vieille cité, habituée des festivals. Ils dînèrent confortablement installés à la terrasse d'un restaurant italien. L'adjudant-chef avait un bon coup de fourchette que trahissaient un ventre proéminent et un visage bien joufflu. Il s'était lancé dans la narration d'anciennes enquêtes menées en Avignon et était intarissable. Achille ne cherchait guère à prendre la parole. Il avait grand faim et ne s'estima rassasié qu'après une deuxième assiette de pâtes au saumon. À la fin du repas, les deux enquêteurs refirent un passage auprès des équipes de surveillance. Rien à signaler.

Peu avant minuit, Achille ramena finalement Rémy devant sa petite propriété à Madège, un village de la périphérie nîmoise. Rémy n'occupait plus vraiment son logement de fonction depuis qu'il avait restauré ce vieux mas familial. L'adjudant-chef avait déjà confié au jeune lieutenant ses rêves de manade. Une fois à la retraite, il comptait bien développer l'élevage et le dressage de chevaux camarguais et de taureaux qu'il pratiquait déjà aujourd'hui à titre de passe-temps, avec l'un de ses fils.

Rémy, d'un signe de la main, salua Achille qui repartait. Il franchit le grand portail et s'engagea dans la courte allée bordée de cyprès menant à sa demeure. Tandis qu'il respirait l'air frais de la nuit, la fatigue de la journée s'évanouissait. Tout en marchant, l'adjudant-chef se disait que ce nouveau lieutenant paraissait être un « bon petit gars », pas trop imbu de ses galons, comme cela arrivait hélas trop souvent à son goût. Et puis, il « connaissait son affaire », au moins, il savait ce que c'était que la police judiciaire... Un hennissement proche changea le cours de ses pensées. Là-bas, dans l'enclos, Moustic, le tout jeune étalon, se faisait entendre. Rémy fit un détour et passa quelques minutes avec le camarguais, lui parlant à voix douce et flattant son encolure.

De son côté, Achille retrouvait le confort de son nouvel appartement. Il récupéra son courrier, mais aucune enveloppe ne mobilisa vraiment son attention. Sur son répondeur, un message de mademoiselle Richard, du *Midi libre*, l'invitait à la rappeler. Elle avait dû chercher son numéro sur l'annuaire. Le lieutenant avait déjà, tout au long de la journée, répondu à divers appels de journalistes. Il s'était contenté de déclarations stéréotypées et évasives. De toute façon, il était bien trop tard pour reprendre contact.

Peu avant une heure du matin, le gendarme Vaillant de la SR, en faction avec un camarade de la BRD d'Avignon, repéra l'arrivée d'un motard, vêtu d'un pantalon et d'un blouson en jean avec, sur ce dernier, une tête de mort rouge et noire. Il approchait du Techno-Bar, dans la rue de la Bonneterie. L'homme descendit de son engin et ôta son casque intégral. À la lumière de l'éclairage public, les gendarmes reconnurent Angelo Forte. Il salua divers consommateurs installés sur les tables dressées sur le trottoir et pénétra à l'intérieur du bar.

Vaillant alerta l'équipe du chef Fitou, avec laquelle ils alternaient la surveillance des deux points de chute supposés de Forte, parfois à bord d'une voiture, parfois à partir d'un café voisin. Puis, il entra à son tour dans l'atmosphère enfumée du troquet. L'ambiance rappelait une boîte de nuit, avec des décors sombres, une lumière tamisée régulièrement rompue par le déclenchement de spots de couleur et une musique de fond techno qui rendait les conversations difficiles.

Vaillant, âgé d'un peu moins de trente ans, était parmi les plus jeunes enquêteurs de la SR. Mais, malgré ses vêtements passe-partout, il lui manquait des piercing ou au moins une boucle d'oreille pour se fondre dans cet environnement. Heureusement, sa coupe de cheveux très courte était dans l'esprit du lieu. Le gendarme résolut donc de ne pas s'attarder, demanda un paquet de cigarettes au comptoir et commanda une bière.

Forte s'était installé avec deux types un peu plus âgés que lui, avec le crâne rasé et vêtus de vêtements en jean et cuir relativement usés. Ils buvaient du whisky. Très vite leur conversation s'anima et le ton monta. En sortant du bar Vaillant s'arrangea pour frôler leur table et vola quelques bribes de conversation. L'un des interlocuteurs de Forte disait : « Elles déconnent, si elles ne remboursent pas il… ».

Une fois dehors, Vaillant rejoignit Fitou et leurs équipiers. Ils se répartirent dans les deux voitures et Vaillant récupéra la moto banalisée de la SR, garée à proximité. Lorsque Forte quitta le Techno-Bar, il se rendit d'abord dans un pub où il ne resta que le temps de saluer quelques connaissances, puis sortit du centre-ville pour gagner un quartier de grands immeubles délabrés. Il rentra sa moto dans une cage d'escalier et se retourna brusquement au passage de Vaillant sur sa Suzuki. Le gendarme continua sa route, en ordonnant par radio aux voitures de rester à distance. De loin, Fitou remarqua, au bout d'une minute, que des lumières s'allumaient dans un appartement au quatrième étage. Un quart d'heure plus tard, elles s'éteignaient.

Un rapide passage dans la cage d'escalier fut sans résultat. La moto y était enchaînée, mais aucun nom ne figurait sur les boîtes aux lettres d'ailleurs brûlées ou éventrées. Au quatrième, pas de nom sur la porte. Il faudrait lancer demain quelques réquisitions auprès de l'office des HLM, d'Électricité de France et de France Télécom.

Durant la nuit, la surveillance du domicile des Martin fut, par contre, totalement vaine. Sur l'enregistrement téléphonique, une seule conversation concernait Bruno. Un appelant avait demandé à lui parler vers vingt-trois heures. Son père avait répondu qu'il n'était pas là, sans plus. Le coup de fil provenait d'une cabine téléphonique du centre-ville.

Achille prit connaissance du résultat des surveillances le mardi matin. Les réquisitions exécutées en urgence permirent de déterminer que l'appartement où avait visiblement dormi Forte était loué par une famille Casaglia. Leur téléphone avait été coupé pour défaut de paiement. Fitou n'avait pas maintenu de surveillance durant le reste de la nuit. Il avait estimé que les risques d'être repéré étaient trop importants dans ce quartier. Il faudrait donc procéder par sondages pour s'assurer de la présence du motard.

Le centre de gravité de l'enquête se déplaçant vers le Vaucluse, le lieutenant Hatlant s'engagea directement sur la route d'Avignon après avoir avalé l'expresso du matin au percolateur de la SR. Rémy irait de son côté à Montparoux pour mettre à jour la procédure écrite et en profiter pour relire tous les procès-verbaux rédigés jusqu'alors.

Installé provisoirement dans un des bureaux de la BRD d'Avignon, dans la caserne du boulevard Raspail, Achille avait sorti de sa sacoche un ordinateur portable et commençait à travailler sur la synthèse de l'affaire, tout à la fois pour faciliter l'organisation de ses idées et pour supporter l'attente. Il attendait en fait une foule d'informations : le détail des déclarations de Fouvier et l'exploitation des pistes alsaciennes sur une certaine Cathy, les résultats des expertises de police scientifique, la localisation de Martin, l'identification des autres jeunes gens du parking de Montparoux... Il manquait tellement de pièces à son puzzle... Il posa ses lunettes et détourna son regard de l'écran dont la luminosité le gênait. Il aurait aimé marcher un peu, en rond, autour du bureau, mais l'exiguïté des locaux, encombrés de dossiers, d'ordinateurs, de pièces à conviction de toute nature, rendait ce simple exercice périlleux.

Vaillant entra, pour amener le procès-verbal des opérations de la nuit.

— C'était du bon travail cette surveillance, congratula Achille.

— On a eu aussi un peu de chance. Pour la filature, avec une seule moto, il ne fallait pas qu'il y ait trop de circulation dans les vieilles rues d'Avignon. Heureusement, sur le coup de deux heures du matin c'était plutôt calme.

— Vos impressions sur Forte ? Semblait-il méfiant ?

— Je ne crois pas. J'ai eu un doute lorsqu'il a observé mon passage devant l'immeuble. Mais finalement ce n'est pas une réaction particulièrement significative. Je viens d'y repasser, en voiture. J'ai jeté un œil dans la cage d'escalier, la moto y est toujours...

La sonnerie du téléphone portable d'Hatlant vint interrompre cet échange. L'équipe en planque au domicile de la famille Martin venait de voir rentrer Bruno, sur sa moto, vers onze heures. Seule particularité, il avait avec lui un deuxième casque. Achille demanda à Vaillant de se rendre sur place. Le quartier pavillonnaire où était implantée la résidence des

Martin, dans une impasse, permettait facilement de lancer une filature. Ainsi, à défaut de suivre Angelo Forte dans ses déplacements, les allées et venues de Bruno Martin pourraient au moins être connues.

D'ailleurs, visiblement, ce n'était guère un garçon discret ou prudent. Dans les minutes suivantes, l'enregistreur de la ligne téléphonique de ses parents se déclenchait.

— Ouais !...

— Salut, c'est Bruno.

— Ça va ?

— Super !

— T'étais où ?

— À la mer, chez des potes, avec une copine.

— Une des meufs de la semaine dernière, chez Jules ?

— Oui, la grande brune avec la mèche rouge, Laure.

— Ah ! Cool. Mais moi c'était plutôt Kriss qui me faisait flasher.

— Pas de bol. C'est Angelo qui est sur le coup... Au fait tu l'as vu Angelo ?

— Ouais, ce week-end je l'ai vu au Techno-Bar.

— O.K., je vais l'appeler sur son mobile... On fait un truc ce soir ?

— O.K., on se retrouve chez Jules ?

— O.K., à plus, Charlie.

La conversation à peine terminée, Bruno appelait effectivement un numéro de téléphone mobile.

— Allô ?

— Salut Angel, c'est Bruno.

— Salut. T'es bien matinal, il est pas midi.

— Je me suis levé vachement tôt. Je suis rentré du Grau-du-Roi ce matin, en remontant jusqu'à Montparoux pour ramener Laure.

— Alors, elle est sympa Laure ?
— Plutôt spéciale, mais alors elle est bonne.
— C'est pas ce que je voulais dire, tu penses qu'au cul.
— Ça te va bien, Angel, de dire ça. Et toi avec Kriss ?
— Laisse béton.
— Attends, tu te l'es pas faite ?
— J'ai pas envie d'en parler, c'est tout.
— O.K., comme tu veux. On se voit ce soir ?
— D'accord.
— On se retrouve chez Jules, il y aura Charlie. Salut.
— Salut.

— Voilà une écoute rentable, commenta Achille. Au moins nous avons quelques billes pour discuter avec eux. Si tout se met en place au mieux, Laure est bien la Laure Pagès arrêtée à l'époque en compagnie de Christelle et qui formait le trio avec Cathy. Kriss devrait être Christelle elle-même. Au passage nous avons le numéro du mobile de Forte et celui d'un Charlie.

D'après l'identification du numéro du téléphone mobile appelé par Bruno, le fameux Charlie se nommait Charles Mazet et habitait au Pontet, juste au nord d'Avignon.

Selon le résultat de rapides recherches dans les fichiers, Mazet n'avait pas le même profil que ses copains : pas d'antécédent judiciaire et un travail salarié, en tout cas jusqu'au mois de juin où il avait été licencié de son boulot de mécanicien.

Achille changea ses plans.

Il hésita d'abord un moment. Ne fallait-il pas récupérer tout le monde dès maintenant ? Avec Bruno, il obtiendrait certainement le moyen de trouver Laure et, dès lors, il disposerait de la plupart des témoins essentiels de l'affaire. En tout cas la plupart des proches de Christelle Fouvier. Mais, d'un autre côté, d'après les conversations téléphoniques, la mort de Christelle n'était pas connue, sauf interprétation particulière des propos évasifs d'Angelo. Ils ne donnaient pas l'impression de se méfier du téléphone. Pour les mobiles d'Angelo et de Charlie, il n'était pas possible de les mettre sur écoute dans des délais suffisamment brefs. Une réquisition permettrait en tout cas d'avoir la liste des numéros appelés et appelants.

Il jugeait finalement préférable de continuer à surveiller le trio, au moins ce soir, avec un point de rencontre connu d'avance. Achille libéra donc ses équipes sur Avignon, pour récupérer tout son effectif en début de soirée. Il laissait juste en place le suivi en direct de l'écoute de Bruno Martin.

Aussitôt après, il contacta Rémy à Montparoux et Breton en Alsace. Tous les groupes d'enquêteurs se trouvaient ainsi en possession des dernières données du problème.

Il était midi passé quand le planton de la caserne lui annonça que Mademoiselle Richard l'attendait à l'accueil.

La première réaction d'Achille fut indiscutablement la surprise. Elle le suivait à la trace. Voilà qui commençait à l'énerver. Mais il avait oublié de la rappeler ce matin et puis... sa voix était décidément trop agréable. Il descendit à l'accueil.

Elle était... rayonnante ! Un cocktail de joie, d'énergie et de dynamisme qui était visible dès le premier regard posé sur elle, avant même de pouvoir la décrire suivant des critères plus traditionnels.

— Bonjour, Mademoiselle. Lieutenant Hatlant.

— Bonjour, Frédérique Richard... Vous ne m'en voulez pas trop de venir vous importuner ici ? demanda-t-elle en souriant doucement.

Son regard bleu était quelque peu désarmant.

— Oui, je vous en veux... Mais pas trop.

— Puis-je vous inviter au restaurant, pour me faire pardonner ? J'ai une faim de loup.

— J'avoue avoir aussi un petit creux. Alors, d'accord pour le restaurant, mais pas pour l'invitation. Cela vous convient ?

— Entendu.

Un modeste restaurant asiatique attirait l'œil, par les couleurs vives de son enseigne, à quelques centaines de mètres sur le boulevard. C'est là qu'ils choisirent de déjeuner, d'un plat de canard laqué accompagné de riz cantonnais.

— Je dois vous paraître bien entreprenante dans mon enquête pour le journal.

— Pour tout vous dire, je n'ai pas une bien grande expérience des relations avec la presse dans les affaires judiciaires, mais il est certain que vos collègues me harcèlent moins que vous, répondit Achille en insistant comiquement sur le verbe harceler.

— Je prends cette affaire très à cœur. Vous comprenez, il y a moins d'un an que je travaille à *Midi libre* et c'est la première fois que l'on me laisse couvrir seule une affaire de ce type. Alors, forcément, je suis peut-être trop enthousiaste !

— C'est un baptême du feu, en quelque sorte, commenta Hatlant, en omettant, sans bien savoir pourquoi, de préciser que pour lui aussi cette affaire constituait une première.

— C'est un peu ça, dit-elle. Alors, vous acceptez que je vous pose quelques questions ?

— Allez-y.

— D'après ce que je sais, la victime est une jeune femme d'une vingtaine d'années. Pourriez-vous me donner son identité ou au moins son prénom ?

— Malheureusement non. Nous avons besoin de conserver pour l'instant son anonymat.

— Cela veut dire que vous avez dès à présent des pistes sérieuses.

— Peut-être pas des pistes sérieuses, mais en tout cas des vérifications à effectuer en toute discrétion.

— Des vérifications dans le Vaucluse, puisque l'on m'a dit que c'était ici que je pouvais vous trouver aujourd'hui.

— Tout à fait, dans le Vaucluse, mais aussi dans d'autres régions.

— La victime était originaire du Vaucluse ?

— Pour l'instant je ne souhaite pas donner de précision à ce sujet… Veuillez m'excuser, le téléphone, dit Hatlant dont le mobile entonnait sa répétitive mélodie.

L'adjudant-chef Rémy appelait.

— Mon lieutenant, je crois que l'on a découvert le lieu du crime.

— Voilà une excellente nouvelle mon adjudant-chef. Alors ?

— Je suis sur place. C'est en bordure du Gardon, près du Pont du Diable. Il y a d'importantes traces de sang à côté du fameux camping-car que nous recherchions… Mais on a un problème.

— C'est-à-dire ? se contenta de répondre Achille, gêné par la présence en vis-à-vis de la journaliste.

— La brigade locale, à Rabioude, n'a pas pris la mesure de l'affaire lorsqu'elle a été alertée. De toute façon les pompiers étaient déjà sur place… Bref, au niveau de la police technique, j'ai peur que les indices soient rares. J'ai évidemment alerté l'équipe des TIC de la BRD. On va tenter de sauver ce qui peut l'être.

— D'accord, je vous rejoins sur les lieux.

— Ah ! Dernière précision, c'est Laure Pagès qui a donné l'alerte.

— Vous l'avez retrouvée ?

— Oui, elle est ici, avec moi.

...

Achille écourta la conversation et s'excusa auprès de la jeune femme.

— Je suis réellement désolé, je dois vous quitter.
— Visiblement, du nouveau pour l'enquête.
— Oui.
— Puis-je en savoir plus ?
— Écoutez, je vous propose de vous rappeler dans deux heures environ. À ce moment-là je vous donnerai les informations qui pourront être communiquées.
— Dans deux heures, sans faute ?
— Promis. Au revoir.

* * *

CHAPITRE VI

En fonçant, au volant de la ZX, vers le Pont du Diable, en passant par Rabioude et le Pont du Gard, Achille rageait à l'idée de voir toute l'enquête compromise par une mauvaise prise en compte de la scène du crime. Même s'il n'y avait pas de cadavre sur les lieux, les gendarmes du coin auraient pu facilement faire le rapprochement entre des traces de sang et la découverte du corps de Christelle Fouvier. Il y avait eu suffisamment de messages d'attention sur les recherches en cours et en particulier celle du camping-car. Enfin, il verrait bien…

Après avoir dépassé le Pont du Gard, il s'engagea sur de petites routes, dépassant quelques hameaux de vieilles bâtisses aux toits de tuiles rougeâtres. Des gendarmes du peloton de surveillance, en poste à l'intersection de la départementale et de plusieurs chemins, lui indiquèrent la direction à prendre. Quelques kilomètres encore sur des voies caillouteuses bordées de vieux platanes et Achille déboucha sur les rives du Gardon.

Le site était charmant. La rivière formait un coude au bord duquel, au-delà d'une petite plage de galets, les chênes offraient une ombre rafraîchissante. Mais Hatlant ne porta pas la moindre attention à ce décor. Il remarqua plutôt le vieux camping-car Volkswagen à l'ombre d'un imposant pin parasol. Des tresses jaunes l'encerclaient dans un périmètre d'une trentaine de mètres et quelques gendarmes s'assuraient que la poignée de badauds, promeneurs ou campeurs, restait à distance. Quatre véhicules de sapeurs pompiers étaient garés non loin, à côté d'autant de voitures bleues, dont le Renault Trafic de l'identification criminelle. Vêtus de leurs combinaisons blanches, les techniciens étaient d'ailleurs au travail autour du camping-car. L'adjudant-chef Rémy et le major Da Silva de la compagnie de Salèze étaient en grande discussion avec une jeune femme brune dont les éclats de voix s'entendaient de loin.

Rémy, semblant passablement énervé, le visage empourpré, se dégagea de la conversation pour rejoindre Hatlant.

— Bon, on y voit un peu plus clair. Je vous raconte tout par le menu ?

— Allez-y, mon adjudant-chef.

— Ce matin, vers dix heures quarante, Laure Pagès, la jeune fille là-bas, dit-il en désignant d'un mouvement de la tête la jeune femme brune, a alerté le centre de secours des pompiers. Son amie avait disparu et était peut-être blessée parce qu'il y avait des traces de sang près du camping-car. Les pompiers ont fait des premières recherches et ont eu le bon réflexe, vu les traces de sang, d'appeler la brigade du coin. Mais les deux gendarmes de la patrouille dépêchée ici ont pris tout d'abord les choses à la légère. Ils ont commencé à expliquer qu'il ne fallait pas s'inquiéter, que les traces de sang n'avaient peut-être rien à voir avec la disparition, que de toute façon comme l'amie de Laure Pagès était majeure d'après ce qu'elle disait, ils ne pouvaient pas faire grand-chose… En plus, ils ont, comme les pompiers, touché à tout. Finalement Laure Pagès s'est mise en colère, elle les a insultés, les gendarmes ont voulu l'embarquer pour outrage à agent de la force publique… Par chance ils ont quand même rendu compte à leur commandant de brigade, qui a fait le rapprochement avec notre affaire.

— Splendide ! s'exclama Achille.

— Eh oui ! Je crois que d'ores et déjà les deux gendarmes sont convoqués, en chemise blanche et cravate, pour demain… Remontée de bretelles en perspective ! J'ai récupéré la situation autant que possible. Les empreintes digitales de toutes les personnes présentes ayant touché le camping-car ont été relevées. On fera aussi des prélèvements pour la génétique. La compagnie organise un ratissage aux alentours et contacte les campeurs des environs. On poussera jusqu'aux villages voisins.

— Et la fille ?

— Elle est un peu hystérique, je pense qu'elle n'apprécie guère les forces de l'ordre et que le comportement de nos collègues de la brigade n'a rien arrangé. En plus, on va nécessairement saisir le camping-car pour faire des examens plus complets… Vous devriez essayer de lui parler, vous êtes en civil, à peu près du même âge, vous aurez peut-être plus de succès que le major et moi…

— Pourquoi pas ?

Achille avait déjà l'impression de la connaître un peu, à travers les données déjà rassemblées sur elle par les enquêteurs. Les photos anthropométriques de sa fiche étaient assez ressemblantes. Elle avait vingt-cinq ans, dont déjà près des dix derniers passés dans des galères diverses. Ses cheveux noirs, coupés courts, étaient séparés par une longue mèche teintée de pourpre. Grande, mince, elle portait un pantalon bouffant noir et un tee-shirt bariolé à dominante mauve. Elle avait pleuré et le maquillage noir de ses yeux avait coulé sur ses joues.

— Bonjour mademoiselle, avança prudemment Achille de sa voix la plus douce, en tentant d'accrocher son regard noir avec ses yeux verts.

— Bonjour.

— Je suis le lieutenant Achille Hatlant, de la gendarmerie.

— Ah ! Encore un flic ! Il va encore en arriver beaucoup d'autres ? dit-elle avec agressivité.

— Non, je pense que nous en resterons là. Je crois que mes collègues vous ont parlé de l'enquête que nous menons.

— Oui, super, vos collègues, justement, au lieu de faire leur boulot, ils ont voulu m'embarquer.

— Ils n'ont effectivement pas fait preuve du professionnalisme que l'on était en droit d'attendre d'eux.

— Oh ! La jolie phrase ! s'exclama-t-elle ironiquement... Des mots, rien que des mots. De toute façon ça se saurait si les keufs étaient utiles à quelque chose !

— Écoutez, je comprends tout à fait que vous soyez en colère et également bouleversée par ce que vous avez découvert et par l'annonce du décès de votre amie. Mais notre travail, maintenant, c'est de découvrir ce qui s'est passé et d'identifier l'auteur de ce crime.

— Qu'est-ce que ça changera ? C'est pas en envoyant quelqu'un passer sa vie derrière des barreaux qu'on arrangera quoi que ce soit.

Achille perdait pied. Il sentait bien qu'il n'était guère armé pour amener Laure Pagès à une position plus conciliante. Et pourtant, elle était certainement un des témoins essentiels de cette affaire, la seule peut-être à connaître parfaitement la victime. Quel dommage que durant ces années à l'école des officiers il n'y ait eu aucun enseignement de psychologie, de psychologie sociale ou de sociologie... Quel gaspillage, en comparaison, que toutes ces heures passées en treillis, le visage peinturluré de vert et de noir, casque sur la tête, sac sur le dos, fusil entre les mains. Quelle stupidité... Enfin, pour aujourd'hui, il fallait improviser...

— Vous savez, reprit Achille, ce n'est peut-être pas une bonne solution. Mais imaginez que votre amie ait été tuée par un criminel sexuel, un malade qui pourrait recommencer demain ou dans un mois, dans un an… Notre boulot c'est aussi d'éviter que cette horreur se reproduise.

— Et tu évites aussi que les Blacks ou les Arabes se fassent descendre dans les commissariats par tes collègues ?

— Oui ! répondit Achille en haussant le ton. Je cherche la vérité et la justice, pas la violence ou la vengeance ! Je ne vous dis pas que les policiers et les gendarmes sont des gens parfaits, où que le système qui les emploie l'est… Il y a quelques jours Christelle Fouvier a été assassinée. Comment imaginer une plus grande « imperfection ». Mais ce n'est pas le problème du seul système ou de la police exclusivement, c'est celui de toute la société humaine… D'accord, je ne vais pas le résoudre ce problème. Demain, d'autres personnes seront tuées par leurs semblables, pas seulement par des crimes, aussi par la guerre ou l'indifférence… Je suis juste là pour dire et démontrer, à ma petite place, que la mort de Christelle est intolérable, que toutes ces morts violentes sont intolérables… Excusez-moi, je m'énerve et vous n'y êtes vraiment pour rien.

— C'est rien, répondit-elle d'une voix plus calme, à la grande stupéfaction d'Achille.

— Vous savez, reprit Achille, je comprends que notre action puisse, par certains côtés, vous apparaître insupportable. Vous venez d'être particulièrement éprouvée par la découverte des traces de ce crime et nous nous mettons à fouiller vos affaires, à vous poser des questions…

— Ils m'ont dit qu'ils allaient saisir le camping-car pour faire des examens pendant plusieurs jours. Mais c'est là que j'habite !

— On s'occupera de tout. Ces recherches ne devraient pas durer plus de quarante huit heures. En attendant, si vous ne savez pas où aller, on vous paiera l'hôtel et les affaires de première nécessité.

Cela paraissait à Achille une façon de procéder de simple bon sens. Mais il se doutait déjà qu'il ne devait pas exister la moindre loi ou le plus petit règlement prévoyant la prise en compte de dépenses de cette nature par l'administration... Il se débrouillerait, en proposant au juge de les faire passer sous frais de justice ou alors en utilisant des frais de mission...

— Avez-vous mangé? Souhaitez-vous qu'on vous porte quelque chose? continua-t-il.

— Non, je n'ai pas faim... Tu pourrais m'expliquer ce qui est arrivé à Christelle? demanda-t-elle.

— Oui, en tout cas ce que nous savons à ce stade-là.

Achille se limita à une description sommaire des circonstances de la découverte du corps de la victime, il précisa même, pour répondre aux interrogations de Laure, qu'elle avait été tuée à coups de couteau. Il la laissa ensuite quelques minutes seule, le temps de se rapprocher de Rémy qui discutait avec l'adjudant Robion, le chef des techniciens.

— Bravo, mon lieutenant, salua Rémy. Ça a l'air de pas mal se passer avec la petite.

— J'ai peur que l'accalmie ne soit que de courte durée. Je n'ai pas encore commencé l'interrogatoire. Et de votre côté, pour la police technique, quels résultats? demanda-t-il en s'adressant à Robion.

Ce dernier, tout en caressant machinalement sa barbichette, jeta un œil sur son carnet de notes, comme pour s'assurer que rien n'avait été oublié.

— Nous avons multiplié les prélèvements sur les traces de sang, au cas où l'agresseur aurait été blessé. Pour les traces de véhicules avec ce sol sec, les cailloux ou les galets, rien à faire. Dans le périmètre autour du camping-car, il n'y a pas d'élément en relation directe avec le meurtre. On trouve un petit foyer, pour faire du feu le soir ou pour des grillades, quelques mégots de cigarettes relativement récents, mais pas de détritus ou autres. J'imagine, si elles sont restées plusieurs jours, qu'elles amenaient leurs ordures dans un conteneur vers le village. Le ratissage des alentours est également négatif : pas de vêtements ayant pu appartenir à la victime, pas de couteau… Pour le camping-car, nous n'avons traité que l'extérieur, avant de le faire enlever vers notre garage sur Nîmes. J'ai relevé quelques empreintes digitales partielles. Il y avait aussi des traces de sang sur une portière. Pour l'inventaire et l'examen de l'intérieur, j'aurais besoin de la présence de Pagès.

— Pouvez-vous commencer dès la fin de l'après-midi ?

— Oui, sans problème.

Achille appela le juge d'instruction pour lui faire part de la découverte du lieu probable du crime et des derniers développements de l'enquête. Puis, comme promis, il téléphona à Frédérique Richard. Après tout, vu la publicité qui avait accompagné les opérations sur ce site, avec les pompiers et quelques badauds, il ne servait à rien de dissimuler à la presse ce dernier rebondissement. La journaliste de *Midi libre* était d'ailleurs déjà informée, et roulait vers le Pont du Diable. « C'était quand même sympa de l'avoir appelée », dit-elle.

Il rejoignit finalement Laure, qui s'était assise en tailleur et se tenait la tête entre les mains.

— Voilà… Un camion de dépannage va arriver et emporter votre camping-car vers nos locaux à Nîmes. Nous aurions besoin de vous, là-bas, pour dresser l'inventaire de son contenu et en particulier nous dire s'il y a des objets qui ont disparu ou qui, à l'inverse, ne vous appartiennent pas. Je me propose de vous amener à Nîmes. Ici, les journalistes ne vont pas tarder à débarquer. Cela vous convient-il ? demanda Achille.

— O.K., dit-elle d'une voix abattue. Je peux téléphoner ? Mon mobile est en rade.

— Tenez, voici le mien, offrit Achille, tout en appréhendant qu'elle ne donne à des tiers des informations gênantes pour le bon déroulement de l'enquête. Il ne voulait pas non plus lui demander de ne pas téléphoner, par crainte de rompre le fragile équilibre de leurs relations. Refrénant le réflexe naturel qui le poussait à s'éloigner pendant la conversation téléphonique, il resta là, à côté de Laure. Celle-ci n'y prêta aucune attention.

— Angel ?

…

— Kriss a été retrouvée, dit-elle en réprimant difficilement un sanglot… Elle est morte.

…

— Ce sont les flics qui l'ont trouvée, il y a plusieurs jours. Elle a été assassinée.

…

— Oui, je comprends pas. C'est horrible…

…

— J'en sais rien. Je ne sais pas trop ce qui arrive. Ils m'emmènent à Nîmes, pour l'enquête.

…

— Non, c'est pas la peine. Je voulais juste te le dire. Je me débrouille. Je t'appellerai. Bye !

Elle resta silencieuse pendant près d'une minute, puis rendit le téléphone. « Vous m'accompagnez ? » demanda Achille. Elle le suivit et ils montèrent dans la ZX. Remontant par le chemin, jusqu'à la départementale, puis passant le Pont du Diable en direction de Nîmes, ils croisèrent une voiture de la chaîne télévisée France 3 arrivant en sens inverse.

— Les vautours attirés par le sang, commenta Laure à haute voix, mais comme pour elle-même.

L'image était assez exacte songea Achille, mais les problématiques des médias lui semblaient aussi beaucoup plus complexes. Il ne voulait pas s'engager dans un débat sur ce sujet avec sa passagère.

— C'est effectivement assez ressemblant, affirma-t-il... Est-ce que je peux profiter du trajet pour vous poser quelques questions sur Christelle Fouvier ?

— Vas-y... Tu peux me tutoyer.

— Si vous voulez, euh !... Pardon. Si tu veux... Alors, vous... tu la connaissais depuis longtemps ?

— Quelques années. Je l'avais rencontrée à Strasbourg. À l'époque je m'étais installée là-haut avec un mec. On était toute une bande. On sortait le soir, on faisait la fête. Elle était plus jeune que moi, plus calme aussi, mais quelque part, au fond, on se ressemblait. Je crois qu'elle avait besoin d'un peu de chaleur humaine, tout simplement. Elle avait eu des problèmes avec ses parents.

— Des problèmes, c'est-à-dire ?

— Elle ne voulait jamais en parler. J'ai cru comprendre que son père la pelotait ou pire. Un salaud de pervers. Elle faisait des fugues. Dès qu'elle a eu dix-huit ans elle n'est plus revenue chez ses parents. Elle traînait à droite et à gauche, finalement elle était souvent avec moi. C'était parfois la galère, mais on s'amusait bien.

— La galère... Des soucis avec la justice ?

— Quoi, tu me prends pour une débile ? J'imagine que tu le sais aussi bien que moi si elle a été emmerdée par les flics. Tu veux quoi ? Que je te mente pour me piéger ? T'es bien un poulet.

— Ce n'est pas un piège. Oui, je sais qu'elle a été arrêtée une fois, avec toi d'ailleurs, pour une affaire de résine. Mais, il y a certainement des choses que je ne sais pas.

— Oh ! Toute notre vie n'est donc pas fichée dans vos ordinateurs ? questionna-t-elle d'un air à la fois moqueur et méprisant.

— On est peut-être trop cons pour les faire marcher ces ordinateurs ! dit-il en riant, pour tenter de décrisper la situation et faisant de considérables efforts pour conserver son calme habituel.

— Ouais ! De toute façon, j'en ai rien à foutre.

— Et alors, comment vous êtes-vous retrouvées ici, dans le Gard ? demanda Achille pour changer de sujet, après quelques instants de silence.

— On a fait une connerie. L'année dernière, Kriss et moi, nous avions une bonne copine, Cathy, qui trafiquait sérieux dans la came. On l'aidait un peu, parfois, à passer quelques paquets. En fait, on était surtout exploitées par un type qui raflait l'essentiel du pognon alors que nous prenions finalement tous les risques... Alors ? Tu me coffres pas pour trafic de stups ?

— Non. Je t'écoute. Je suis là pour Christelle.

— Cathy en avait marre. Elle a monté un plan, avec nous, pour piquer du fric à son boss. On a ramassé un beau paquet, mais après, il fallait se tirer. C'est là qu'on a acheté le camping-car. Après on a voyagé un peu partout, Belgique, Hollande, Allemagne, France, Espagne... Cathy est partie de son côté, il y a quelques mois. Nous, depuis août on est dans le Gard et le Vaucluse. C'est mon coin.

— D'après les témoignages que nous avons recueillis, vous étiez toutes les deux à Montparoux, jeudi, en fin de journée. Il y avait tout un groupe de jeunes gens avec vous. Étaient-ils vos amis, y a-t-il eu un problème ?

— Le seul problème, c'était avec les flics qui nous ont fait dégager. Nous, on était sept. Il y avait un couple qui passait ses vacances en randonnée un peu à l'aventure, un gars, limite clodo, mais super cool, qui se faisait appeler « Mimille » et deux copains d'Avignon.

— Des copains que tu connais depuis longtemps ?

— Pas vraiment, depuis deux semaines. On les a rencontrés devant un snack en Avignon. Depuis on fait des sorties ensemble... C'est pas vers eux qu'il faut chercher, c'est le genre à frimer, à jouer les gros bras machos, mais certainement pas à tuer quelqu'un.

— Je suis désolé d'être indiscret, mais ils étaient plus que de simples copains ?

— De toute façon, tu es « indiscret » comme tu dis, depuis le début... Oui, Angel, le plus âgé des deux, était tombé sous le charme de Kriss. C'est à lui que j'ai téléphoné tout à l'heure, parce qu'avant d'alerter les pompiers je l'avais déjà appelé pour savoir s'il avait des nouvelles de Christelle. Quant au second, il était avec moi.

— Peux-tu me raconter votre emploi du temps de ces derniers jours, à Christelle et à toi, depuis le jeudi soir ?

— Après s'être fait jeter par les flics, jeudi, toute l'équipe est allée s'installer dans un petit coin tranquille, à quelques kilomètres de Montparoux. Nous avons dormi là, tous les sept, à la belle étoile. Le lendemain en fin de matinée les autres sont partis de leur côté. Il ne restait que Kriss, Angel, Bruno et moi. J'avais envie d'aller à la mer et Bruno avait un plan pour se faire héberger chez des potes. Je voulais aussi que Kriss et Angel restent un peu seuls, quelques jours, ils avaient l'air de bien s'entendre. On a d'abord trouvé le coin près du Gardon, pour poser le camping-car. Kriss et Angel devaient rester dans le secteur. Bruno m'a amenée sur sa moto au Grau-du-Roi. Voilà, il m'a ramenée ce matin en haut du chemin et puis j'ai retrouvé le camping-car, vu les traces de sang... Tu connais la suite.

La conversation se poursuivit jusqu'à leur arrivée à Nîmes, Achille posa encore pas mal de questions, le plus souvent pour préciser certains points de ce premier récit. Il parla aussi de tout et de rien pour faire baisser la tension nerveuse et la lassitude qui gagnaient Laure par moment.

En attendant l'arrivée du camping-car, il fit retenir une chambre dans un hôtel du centre-ville, lui offrit de quoi boire et se restaurer. Laure n'avait toujours pas faim. Achille mit également sa déclaration par écrit. Enfin, il la laissa quelque temps seule avec les techniciens de la BRD, au début de l'examen de l'intérieur du camping-car, le temps de communiquer les dernières informations à ses différentes équipes, surtout à celles qui devaient suivre Angelo et consorts ce soir-là.

Après trois heures de fouille minutieuse, objet après objet, du contenu du Volkswagen, Laure était épuisée, lasse de répondre, mais avait donné de précieuses indications. À son avis, il ne manquait aucun des vêtements de Christelle. Par contre, elle avait probablement fait des achats, quelques boîtes de conserve, un tube de crème solaire, un petit sac à dos et diverses affaires posées en vrac mais en évidence en attestaient. Un drap de bain, encore humide, et des habits de Kriss étaient en outre négligemment dispersés dans l'habitacle. Du côté de l'examen des armes blanches, il n'y avait dans le Volkswagen que quelques couteaux de cuisine, ils étaient tous à leur place. Un bijou par contre manquait. Christelle n'avait que quelques babioles, sauf une chaîne de cheville, en or avec des rubis, dont la valeur n'était pas négligeable. Elle n'était pas dans la boîte où Kriss la rangeait précautionneusement dans les rares occasions où elle ne la portait pas. Elle n'avait pas été trouvée sur le corps.

Il fut convenu de poursuivre le lendemain, vu l'état de fatigue de Laure. Hatlant l'accompagna jusqu'à son hôtel.

Il se sentait mal à l'aise en rentrant chez lui. Toute cette longue conversation avec Laure avait été partiellement malhonnête et cela ne venait pas d'elle. Autant qu'il pouvait en juger, elle n'avait jamais menti et, malgré ses attaques contre les représentants de l'ordre, lui inspirait une totale confiance.

Il est vrai qu'Achille accordait très facilement sa confiance, il avait toujours confiance, sauf preuve contraire. Pourtant, la recherche objective de la vérité était-elle compatible avec une confiance aveugle ? Tout l'après-midi, il avait posé des questions dont, pour certaines, il connaissait les réponses et il faisait pourtant semblant de les découvrir dans les propos de Laure. Ces formes de tests de contrôle étaient certainement inévitables, pensa-t-il. Ou alors il fallait envisager un autre métier...

Il était fatigué, lui aussi. Il avait besoin d'une bonne douche. Il n'avait plus guère le courage de retourner sur Avignon... Laure était maintenant dans sa chambre, Achille conduisait distraitement vers la caserne Delaroque. Finalement, arrivé à destination, il s'accorda une douche glacée, mais reprit la route du Vaucluse.

* * *

CHAPITRE VII

Il était déjà plus de vingt et une heures. En écoutant les informations à la radio, Hatlant avait constaté que la découverte du lieu supposé du crime était déjà diffusée sur les ondes. Il rejoignit les deux équipes de surveillance menées par Fitou et Vaillant. Ce dernier fut aisément localisé par Achille, sa haute silhouette sportive et ses cheveux noirs coupés en brosse étaient maintenant familiers. Il était paisiblement installé à la terrasse du café « Chez Jules », à quelques tables de Bruno Martin et d'un autre jeune homme, peut-être Charles Mazet, surnommé Charlie.

Hatlant s'assit à la table de Vaillant. La terrasse était en effet bondée, il ne restait pas la moindre place libre à côté de leurs « cibles ».

— Bonsoir, ils sont là depuis longtemps? interrogea Achille.

— Non, mon lieutenant, une demi-heure. Bruno est arrivé le premier, l'autre, Charlie je suppose, n'est là que depuis un quart d'heure. Pas de trace d'Angelo Forte. Mais peut-être ne viendra-t-il pas. Il a appelé chez Martin durant l'après-midi mais n'a pas pu lui parler, il était déjà sorti d'après ce qu'a répondu sa mère.

Achille se dit que cet appel était probablement consécutif à la nouvelle du meurtre de Christelle. L'heure correspondait approximativement à la conversation téléphonique entre Laure et Angelo, passée en sa présence. Pourvu qu'Angelo ne s'évapore pas dans la nature, songea Hatlant…

— Vaillant, avez-vous fait un passage devant le domicile de Forte avant de vous mettre en place ici ?

— Oui, j'ai fait un passage à vingt heures. Sa moto n'était pas dans la cage d'escalier.

Une table venait de se libérer à proximité de Martin. Vu l'animation régnant sur la terrasse, Achille prit le risque de se lever et d'aller s'y asseoir. Effectivement son manège ne fut pas remarqué par les deux jeunes gens. Vaillant opéra le même mouvement quelques minutes plus tard et Achille profita de ce laps de temps pour commander un croque-monsieur et une bière. Il avait grand faim. Le repas interrompu de midi était déjà bien loin et lors de son passage à l'appartement à Nîmes, il n'avait pu que constater une nouvelle fois le vide de son réfrigérateur et de ses placards.

En dressant l'oreille, malgré le brouhaha ambiant et la musique diffusée par deux haut-parleurs de part et d'autre de la terrasse, Achille arrivait à saisir des bribes de conversation. Pour le moment, Bruno et Charlie semblaient branchés sur le football.

Contre toute attente, Angelo arriva sur son engin. Sa mine était défaite, ses vêtements poussiéreux, comme s'il avait longtemps roulé sur des chemins de terre. Ses deux copains acclamèrent en riant son allure piteuse, laissant entendre qu'ils ne l'amèneraient pas en boîte dans cet état-là. Mais Angelo n'avait nulle envie de rire. Il ne prêtait guère d'attention à ce qui l'entourait. Les précautions de Vaillant, qui s'était placé de dos par rapport à lui, de peur qu'il ne le reconnaisse depuis la veille, au Techno-Bar, semblaient totalement superflues.

— Alors, qu'est-ce qui t'arrive ? demanda Bruno, goguenard.

— ...est morte, répondit Angelo d'une voix trop basse pour qu'Achille puisse entendre l'intégralité de ses paroles.

— Qu'est-ce que tu dis ? s'exclama Bruno avec stupeur.

— Kriss a été tuée.

— L'une des filles qu'on avait vues ici la semaine dernière ? questionna Charlie.

— Oui.

— Attends, je comprends pas, comment c'est possible ? interrogea naïvement Bruno.

— Je sais pas... était avec des flics...

— C'est arrivé quand ?

— ...c'était il y a quelques jours.

— Mais tu étais avec elle, non ?

— Me fais pas chier avec ça ! rétorqua Angelo avec véhémence.

— Qui a pu faire ça ? demanda Charlie, tentant de faire diversion.

— Aucune idée, répondit Angelo. Enfin si. Il y a les deux connards qui... stups.

— Attends, si c'est eux, je leur fais la peau, dit Bruno avec détermination... Et Laure, t'as des nouvelles, pourquoi elle m'a pas appelé ?

— Je crois qu'elle... Mais elle est forte. Là, elle est avec les flics.

— C'est sûr, ils vont venir nous emmerder ceux-là.

— Écoutez, leur dit Angelo, je ne peux pas rester, il faut que je bouge. J'étais juste venu pour... Ciao !

— Arrête, tu vas te prendre la tête, tout seul.

— J'ai envie de me la taper contre les murs, ma tête, mais seul !

Angelo partit et fut aussitôt suivi, comme prévu, par quelques gendarmes en tenue passe-partout. Les deux camarades restèrent quelques instants silencieux.

— Il a l'air super mal, dit Charlie qui voulait en savoir plus.

— Ouais, je trouve aussi...

— Il était avec elle ?

— Ben oui, je crois. Ce que je comprends... tout le week-end.

— Alors il risque d'avoir de sacrés problèmes avec la police.

— À mon avis, ça craint toute cette affaire. Surtout... récupérer du fric.

— C'est quoi ça ?

—T'occupes, moins t'en sais, mieux c'est ! conclut péremptoirement Bruno.

Il quitta les lieux peu après et ne semblait plus du tout vouloir terminer la soirée en boîte. Charlie faisant de même, les filatures furent aussitôt lancées. Le lieutenant demanda à Fitou, de les lâcher dès qu'ils seraient « logés » pour la nuit et de réunir toutes ses équipes pour le lendemain à six heures du matin. Au programme perquisition et audition pour tout le monde.

En remontant dans la Citroën de la SR, Achille n'était guère confiant. Bruno et Charlie semblaient n'avoir aucun rapport avec le meurtre, même si le premier avait peut-être quelques informations intéressantes sur des suspects possibles. Angelo paraissait être très affecté par la mort de Christelle, mais son emploi du temps était assez flou pour l'instant. En matière d'emploi du temps, celui donné par Fouvier, le père de la victime, était faux, mais quel lien faire avec un meurtre commis à des centaines de kilomètres dans un lieu dont il ne devait même pas connaître le nom ? La piste d'un règlement de compte ? Pourquoi pas, dans la mesure où Cathy, Laure et Christelle avaient peut-être récupéré une grosse somme liée à un trafic de stupéfiants. Mais, là encore, on retombait sur l'Alsace. Surtout, il restait toujours la pire des hypothèses : le crime d'un maniaque sexuel de passage...

Le voyant lumineux du téléphone mobile clignotait, indiquant la présence d'un message. Les parents d'Hatlant y faisaient part en quelques mots de leurs encouragements pour l'élucidation du meurtre dont les journaux les avaient informés. Ils espéraient aussi le voir au déjeuner familial prévu pour le dimanche suivant. Vingt-trois heures à la montre d'Achille. Trop tard pour rappeler, même si, probablement, ses parents étaient encore plongés dans quelque lecture historique, comme à leur habitude.

Il était encore temps, par contre, de passer un coup de fil au capitaine Fresnes. La journée avait été suffisamment fertile en événements, il devait recevoir quelques nouvelles fraîches.

Achille lui résuma le plus clairement possible les développements de l'enquête.

—Bon, voilà pour les éléments objectifs, dit-il. Effectivement c'est assez maigre, mais tu peux espérer tirer de nouvelles cartes avec les résultats des examens de police scientifique. Qu'en est-il de tes impressions ?

— Je n'aime guère m'y fier. En plus j'ai le sentiment de disculper trop facilement les personnes que je croise dans cette affaire. Ni Angelo, ni Bruno, ni bien sûr Laure, ni même Fouvier père si l'on en croit Breton, ne font décidément de bons assassins.

— Oui, il m'a semblé que tu avais une indulgence toute particulière pour le mauvais caractère de Laure...

— Ah bon ?

— Mais tu as très certainement raison, il s'agit probablement d'un crime sexuel ou d'un règlement de compte. Bon courage, dors un peu !

Dormir ! Excellente idée. Hatlant désirait exécuter à la lettre cet ordre, dès son retour à Nîmes, non sans avoir une pensée pour les enquêteurs qui filaient peut-être encore Angelo et sa bande, à cette heure tardive. Hélas, cette pensée, seulement désireuse d'exprimer une solidarité certaine, entraîna tous les rouages du cerveau dans de nouvelles analyses et spéculations dont l'enchaînement semblait sans fin.

Achille échouait encore et encore dans ses tentatives de mise en quarantaine des réflexions professionnelles. Dormir ? Impossible ! Il alluma sa lampe de chevet et le mobilier de la chambre réapparut. Les murs, au papier peint bleu, lui semblaient bien vides : aucune photo, aucun tableau ou poster... Le mobilier blanc, constitué de deux grandes armoires, d'une bibliothèque et de la table de chevet diffusait une impression de froideur, seulement tempérée par les draps multicolores du grand lit. Achille saisit le livre laissé à portée de main et l'ouvrit au niveau d'un signet. Pas n'importe quel signet d'ailleurs, pas un simple carton ou une feuille de papier, pas non plus un billet de banque étranger dont il conservait parfois quelques spécimens à cette seule fin, mais un marque-page en métal argenté dont les motifs entrelacés étaient issus de la culture celte. C'était un cadeau, destiné, dans un lointain passé, à favoriser son goût pour la lecture, un temps délaissée.

Mais, ce soir, le roman de science-fiction n'exerçait guère de séduction. Là-bas, aux confins de la galaxie, l'ambiance d'un avant-poste installé sur une planète à l'environnement hostile se dégradait de jour en jour. Ses occupants étaient plongés depuis de trop nombreuses années dans l'attente d'un événement hypothétique, raison d'être de l'avant-poste : la détection de vaisseaux extraterrestres sortant d'un trou noir. Cette veille constante, à proximité de cette porte jamais franchie, avait exacerbé les tensions. Ces derniers temps, des incidents, accidents et phénomènes inexpliqués s'étaient accumulés. Et il y avait ce cadavre de femme nue...

Achille s'endormit ainsi, mêlant à la trame du roman ses propres soucis, sans songer cette fois à ses gendarmes, peut-être toujours lancés aux trousses des suspects.

Tel n'était pas le cas.

À Avignon, Charlie n'avait pas trop flâné dans les rues. Trente minutes après avoir quitté le bar « Chez Jules », il était rentré chez lui.

Pour Bruno, le parcours n'avait guère été plus compliqué. Il avait fait quelques haltes dans trois bars. Il semblait chercher quelqu'un. Il discutait chaque fois avec quelques personnes de sa connaissance. De retour chez ses parents, alors même que les gendarmes de la BRD allaient lever leur surveillance, il déménagea quelques gros cartons du garage paternel vers un petit cabanon dans un terrain vague peu éloigné de la maison.

C'est encore la filature d'Angelo qui s'avéra la plus mouvementée.

Dans l'agglomération avignonnaise, Vaillant, pilotant sa moto et en liaison radio avec une Renault Clio banalisée de la SR, arrivait à ne pas le perdre de vue. Mais, dès qu'il s'engagea sur le pont enjambant le Rhône, en direction de Nîmes, Angelo accéléra et se mit à conduire avec une folle imprudence, doublant par la droite comme par la gauche tous les véhicules qui encombraient sa route… Vaillant ne pensait pourtant pas avoir été repéré en ville. Mais à cette vitesse-là, la Clio ne pouvant pas maintenir pareille allure, Angelo allait fatalement repérer la moto qui le suivait. Même une telle poursuite s'avérait trop périlleuse. Vaillant jugea finalement inutile de continuer alors qu'il arrivait au rond-point des Angles. Fin de mission pour ce soir. Le collègue, au volant de la voiture, rentra directement vers Nîmes. Vaillant, vexé d'avoir été mis ainsi en échec décida de rouler un peu au hasard, puis de faire un passage, d'ici une heure, devant le domicile d'Angelo Forte.

Le gendarme aimait particulièrement rouler dans la nuit, alors que l'air frais, légèrement humide, optimisait la carburation de sa machine. Cela lui rappelait les courses nocturnes qu'il faisait autrefois, sur le périphérique, avec Jean-Luc, son vieux complice. Il chevauchait alors une vieille Honda 250 achetée d'occasion, tandis que son ami pilotait avec brio une Dyna Junior fraîchement restaurée. Ils avaient la passion des véhicules chargés d'histoire. C'était le bon temps ! Dans la tête de Vaillant, le vrombissement de la moto de la gendarmerie se confondait maintenant avec les claquements du bicylindre de la petite Panhard qui les amenait aussi très souvent au Grau-du-Roi, les soirs d'été, pour draguer les filles. C'était d'ailleurs au cours de l'une de ces virées qu'il avait rencontré Sophie qui deviendrait plus tard sa femme. Il se revoyait, ce soir-là, entassés à quatre sur l'unique banquette de l'auto et sentait encore, blotti contre lui, le corps souple et chaud de la jeune fille.

Soudain, la moto fit une embardée. Plongé dans ses souvenirs, le gendarme n'avait pas vu le virage serré se précipiter vers lui et se trouvait emporté irrésistiblement hors de la route. Les roues de sa machine mordaient déjà le pied du talus hérissé de genêts. En une fraction de seconde, retrouvant instinctivement ses réflexes de motard, Vaillant réussit in-extremis à maîtriser la moto et à la ramener sur la chaussée. Après quelques zigzags, il roula une vingtaine de mètres puis s'arrêta sur le bas côté opposé, le corps inondé de sueur froide.

Sans descendre de l'engin, les jambes écartées reposant sur le sol, il retira son casque et respira un grand coup. Son cœur battait la chamade. Un rire nerveux sortit de sa bouche alors qu'il prenait conscience de l'avoir échappé belle.

Hé là ! Ce n'était pas le moment de se casser la figure alors que le lieutenant comptait sur lui pour faire avancer l'enquête !

Cette pensée le remit tout à fait d'aplomb et, quelques instants après, son émotion enfin dissipée, il remit les gaz en direction de Nîmes.

Tout en roulant, le stéréotype habituel des romans policiers, dont il était d'ailleurs un lecteur friand, lui revint à l'esprit. L'assassin revient toujours sur les lieux de son crime. Or, la route prise par Angelo, pouvait mener aussi bien au Pont du Diable, qu'à Montparoux ou à Loubignac, lieu de découverte du corps... Philippe Vaillant, partit alors à la poursuite de cette hypothétique inspiration. Il avait repéré l'endroit où Christelle Fouvier avait été retrouvée, mais ignorait l'emplacement précis du camping-car découvert dans l'après-midi. Tout au plus avait-il les indications données en début de soirée avant la mise en place de la surveillance autour de « Chez Jules ». Mais il connaissait relativement bien les différents accès au Gardon pour y pratiquer de temps à autre du canoë avec des collègues de la SR.

Il essaya plusieurs chemins menant aux berges aux alentours du Pont du Diable. En descendant l'un d'eux, il repéra, au dernier moment, le phare d'un autre deux roues qui montait à vive allure, face à lui. Il eut juste le temps de faire un écart, en évitant par chance la chute, pour laisser passer le bolide. Le temps de braquer son phare vers le fuyard, la plaque minéralogique n'était plus visible et la tenue même du motard était cachée par la poussière.

Vaillant nota précisément dans sa mémoire le lieu de cet incident, pour envoyer une équipe de TIC dès le lendemain, et vérifier si c'était bien là le chemin qui menait au lieu du crime. Il en était persuadé, il venait de croiser Angelo. Mais, finalement, cela ne prouvait rien, songea-t-il.

Assez d'émotions pour cette nuit, il était temps de rentrer et de rejoindre Sophie qui n'aimait guère le savoir en mission si tard dans la nuit.

CHAPITRE VIII

Ce mardi soir avait été également animé en Alsace.

Après la mise en évidence des contradictions relevées dans la déposition d'Henri Fouvier, à propos de son emploi du temps du dimanche soir, et la confirmation des accusations portées par Annie Paret, sa précédente épouse, concernant son comportement avec Christelle, Breton et Tournaise avaient occupé leur après-midi à retrouver la trace de Cathy.

À partir de l'adresse aimablement fournie par Paul Muller, les enquêteurs remontèrent jusqu'à la propriétaire d'un petit meublé, actuellement loué à un étudiant. Cette dame, d'un certain âge, ne put guère fournir d'indication sur son ancienne locataire, qui « faisait mauvais genre » selon ses propres termes. Elle payait cependant assez régulièrement son loyer, en espèces. La logeuse avait cependant pris le soin, au moment de la location, de noter soigneusement tous les renseignements d'identité, relevés directement sur le passeport de l'intéressée.

Cathy s'appelait donc Catherine Bloch, avait vingt-six ans et était strasbourgeoise d'origine.

Un petit travail de porte-à-porte dans l'immeuble permit juste de constater le fort taux de renouvellement des occupants. Aucune des personnes ainsi rencontrées ne se souvenait de la jeune locataire du cinquième surnommée Cathy.

Tournaise consulta pendant le reste de l'après-midi les différents fichiers disponibles ainsi que l'État civil. Catherine Bloch n'était, suivant la formule consacrée, pas connue des services de police. Mais surtout, elle n'était plus de ce monde.

Elle était décédée, à Lyon, quelques mois plus tôt. Après quelques coups de téléphone supplémentaires le chef Tournaise arriva à obtenir la cause de la mort : une overdose. Il demanda l'expédition à Nîmes, par le service qui avait traité la découverte du cadavre de la jeune femme dans un squat lyonnais, d'une copie du procès-verbal et du rapport d'autopsie.

Il resterait à voir les employés du Sunlight, la boîte où elle travaillait parfois à Strasbourg, pour « fermer la porte », c'est-à-dire en terminer avec un des axes de travail de l'enquête.

Breton avait fait un point de situation avec Hatlant et convenu qu'il fallait rapidement lever les incertitudes concernant Fouvier. En accord avec le juge Forti - il s'agissait tout de même de placer en garde à vue le père de la victime - Breton, Tournaise et deux gendarmes, officiers de police judiciaire de la BR et de la brigade locale, se présentèrent devant le pavillon de Fouvier à vingt heures.

Breton s'attendait à une réaction de colère, mais Fouvier était plutôt abattu et son haleine alcoolisée faisait présumer une forte consommation de bières. Le gradé aborda de front son interlocuteur.

— Monsieur Fouvier, suite à des contradictions dans votre déposition pour l'enquête ouverte sur le meurtre de Christelle, nous allons procéder à une perquisition de votre domicile. À partir de cet instant vous êtes placé en garde à vue, déclara l'adjudant, sur le ton solennel qu'il affectionnait tout particulièrement dans ces circonstances.

— Moi ? Je vois pas pourquoi. Comment c'est possible ? Enfin, si vous voulez...

Breton enchaînait, imperturbable, en lissant nonchalamment sa moustache.

— Votre garde à vue peut durer vingt-quatre heures et être prolongée d'un second délai de vingt-quatre heures. Vous avez la possibilité de faire prévenir l'un de vos proches, vous pouvez demander à être examiné par un médecin. Vous pouvez demander à vous entretenir avec un avocat après vingt heures de garde à vue.

— J'ai pas bien compris, vous pouvez m'expliquer.

Breton exposa dans le détail ses droits à Fouvier. Celui-ci ne désirait rien, pas d'appel, pas de médecin, pas d'avocat… Il semblait totalement abattu, vidé.

Il assista, passivement, à la perquisition. Tout au plus fut-il mal à l'aise, lorsque Breton commença l'examen du placard où s'entassaient ses cassettes vidéo. Parmi des œuvres plus anodines, la collection de Fouvier comprenait une trentaine de cassettes de films pornographiques. Sur certaines, le titre comme la photographie de la jaquette évoquait clairement la participation de jeunes filles mineures. Fouvier avait donc effectivement des tendances pédophiles. Mais, sur le moment, il déclara qu'il s'agissait de films pornographiques du commerce, que les actrices devaient donc être majeures… Bref, l'argumentation habituelle dans ce type d'affaire. On découvrit également des revues et des photographies de même nature. Le pavillon était bien mal tenu. Au-delà des cannettes de bières, le linge sale traînait ici et là, le mobilier de la cuisine était maculé de traces de graisse…

Mais, la perquisition, et en particulier la fouille du portefeuille de Fouvier, déboucha sur la découverte de deux tickets de paiement par carte bleue, émis en Belgique, le week-end du meurtre.

Amené dans les bureaux de la brigade de Bruwiller, Fouvier s'expliqua rapidement, renonçant à nier l'évidence.

Effectivement, les films qu'il avait chez lui mettaient en scène des jeunes filles mineures. Il avait une attirance sexuelle pour les gamines, il n'y pouvait rien disait-il. De temps en temps il faisait un petit voyage en Belgique, à Liège plus précisément, où il était en contact avec les membres d'un réseau qui lui fournissait discrètement les films, magazines et photos correspondant à ses goûts et dont la production comme la simple détention était illégale, il le savait. Fouvier avait donc passé le week-end précédent à Liège et avait préféré indiquer dans sa déclaration qu'il était resté chez lui. C'était tellement plus simple. Il n'imaginait pas qu'on ait pu le soupçonner et vérifier son emploi du temps. En tout cas, il nia de toutes ses forces avoir eu la moindre relation sexuelle avec sa fille Christelle. Tout au plus admit-il lui avoir fait plus de « câlins » qu'il n'aurait dû.

Breton estima ces aveux suffisants. Il ferait bien entendu vérifier en Belgique, en faisant présenter des photos de Fouvier, que c'était bien lui qui avait utilisé sa carte bleue et non un tiers. Mais, fondamentalement, les propos du père de la victime lui paraissaient sincères, d'autant plus qu'ils étaient difficiles à tenir. Quant à la nature exacte des comportements qu'avait pu avoir Fouvier envers Christelle, l'adjudant était plus circonspect. Mais là n'était pas l'objet de l'enquête, même si toute la vie de Christelle, et donc sa mort, en avait été affectée.

Les gendarmes alsaciens allaient se saisir incidemment de cette affaire de pédophilie, elle ne rentrait pas dans le cadre du dossier du meurtre. Fouvier fut donc remis en liberté vers minuit.

— C'est tout à fait l'heure de se rendre au Sunlight, tu ne crois pas ? demanda Tournaise à l'adjudant Breton.

Le chef avait en effet envie d'en terminer rapidement avec l'épisode alsacien de l'enquête. D'après les informations transmises par le lieutenant, les investigations se développaient surtout maintenant dans le secteur d'Avignon. Il ne voulait pas rater la conclusion de l'affaire.

L'adjudant, fort allergique aux musiques à la mode et à l'ambiance des discothèques, aurait préféré procéder aux auditions des employés de l'établissement, au calme. Pourtant, une petite reconnaissance des lieux pouvait être utile, malgré tout. Il réfléchissait en effet aux implications du vol commis par Cathy, Laure et Christelle contre un trafiquant. Cathy était morte, Christelle aussi. Une discothèque était traditionnellement une bonne plaque tournante pour un trafic local et un bon moyen de blanchir de l'argent sale... Breton n'était pas persuadé que l'enquête trouverait sa conclusion dans le Vaucluse.

À cette heure, il ne pouvait être question que d'un repérage. Breton n'avait pas eu le temps d'étudier l'environnement de la boîte. Qui était propriétaire, qui était éventuellement gérant, quels étaient les employés et le pedigree de tout ce monde ? Quel était le passé de l'établissement, qu'en pensait la police ? On pouvait aussi envisager de brancher leurs lignes téléphoniques, mais face à des professionnels, c'était sans grand espoir d'apprendre quoi que ce soit d'intéressant.

Tournaise se rallia à l'avis de son chef d'équipe : une simple reconnaissance suffirait pour cette nuit.

Le temps de se changer à leur hôtel, pour une tenue civile décontractée, et ils faisaient route vers la capitale alsacienne. Bien entendu, Breton se refusait à porter des jeans et son pantalon gris, à pinces, sa chemise, sa cravate et son gilet n'étaient pas vraiment adaptés à des lieux branchés...

Le Sunlight se dressait, tel un gros cube noir, en bordure de la nationale, aux limites sud de l'agglomération strasbourgeoise. De loin, déjà, des faisceaux laser balayaient le ciel et indiquaient sa position. Le parking, devant l'entrée illuminée de spots aux éclats multicolores, était peu fréquenté. Une trentaine de voitures tout au plus occupaient le vaste espace goudronné. C'était un mardi soir, en dehors des vacances scolaires, et, même si la rentrée universitaire était encore lointaine en ce mois de septembre, cette faible fréquentation était, somme toute, logique.

Une fois passés les videurs, la caissière et les vestiaires, les deux coéquipiers débouchèrent sur un vaste espace, plongé dans une pénombre hachée en permanence par des rayons lumineux de très forte intensité. La musique, plus exactement le vacarme selon les critères de l'adjudant Breton, était assourdissant. Les basses surtout donnaient l'impression d'une vibration intérieure. Plusieurs pistes de danse s'étageaient sur trois niveaux, mais n'accueillaient à cet instant que quelques dizaines de danseurs. Peu désireux de se mêler aux jeunes gens se démenant en cadence, Breton et Tournaise commandèrent chacun un whisky et prirent place dans de confortables sièges, un peu en retrait, ce qui leur permettait d'avoir une vue assez complète sur la salle.

Au bout d'une demi-heure d'observation, tandis que de nouveaux arrivants venaient grossir le nombre des danseurs, les gendarmes n'avaient rien remarqué de plus illégal que quelques fumeurs de joints. Le personnel présent dans la salle se limitait à deux barmaids, deux serveuses et deux videurs, dont l'un pouvait fort bien être en fait le patron des lieux.

S'ennuyant sérieusement, Tournaise alla commander un autre whisky au bar et tenta d'engager la conversation.

— Bonsoir, un whisky s'il vous plaît.
— Avec du coca, des glaçons ?
— Non merci, sec.
— Voici, ce sera quatre-vingts francs, s'il vous plaît.
— Merci, tenez, gardez la monnaie, dit Tournaise en présentant un billet de cent francs. Vous travaillez ici depuis longtemps ?

— Oui, une véritable éternité, bientôt deux ans, répondit la barmaid en souriant.

— Ah ! Peut-être connaissez-vous alors, une serveuse que j'avais rencontrée ici il y a un bon moment, Cathy.

— Oui, peut-être, Cathy, ça me dit quelque chose, mais vous savez, il y a régulièrement du changement parmi les employés.

— C'était une grande rousse, avec des yeux verts, indiqua Tournaise, sur la base des descriptions données par Muller et la logeuse. Une fille qu'on n'oublie pas.

— Ah oui ! Cathy. Je me souviens maintenant. Elle travaillait par période, mais elle n'est pas revenue depuis un an... je crois...

Tournaise, décela une certaine gêne dans ses propos, et n'insista pas.

— Dommage, j'aurais bien aimé la revoir, merci.

Rejoignant Breton, Tournaise lui fit part des résultats de cette petite conversation, et subit aussitôt les foudres de l'adjudant :

— On établit un plan de traitement de l'objectif et on s'y tient. Un point c'est tout. Ce soir nous devions nous contenter d'un simple repérage !

D'ailleurs, la barmaid abordée par le chef s'entretenait maintenant avec l'homme d'une quarantaine d'année, vêtu d'un costume sombre, qui pouvait être le patron de la discothèque. Mesurant un bon mètre quatre-vingts, avec les épaules d'un rugbyman, un visage carré et des cheveux blonds coupés en brosse, il n'était guère engageant. Il s'approcha d'eux.

— Bonsoir messieurs, leur dit-il. Que puis-je faire pour la police ?

— Pour la police ?

— Oh oui ! Ne vous offusquez pas, surtout, dit-il ironiquement, mais deux types ayant la quarantaine, sapés comme vous, qui restent tranquillement dans leur coin en boîte, qui regardent tout ce qui se passe et qui posent des questions, ça ressemble assez à des flics.

— Pas mal, effectivement, répondit Breton imperturbable, alors que Tournaise ne savait quelle attitude adopter. Disons que, comme les flics, nous aimons bien l'ordre… surtout dans les affaires. Mais je ne crois pas que nous ayons été présentés…

— Je suis le patron. En tout cas vous n'êtes pas d'ici, vu votre accent méridional.

— Disons que nous sommes les représentants d'une entreprise de recouvrement du sud de la France…

— C'est vrai, en y réfléchissant, que vous pouvez aussi passer pour des huissiers, dit l'homme, ironiquement.

— Bien sûr. Et là, ce soir, nous aimerions bien retrouver la trace d'un trio de filles, dont Cathy, votre ex-employée, qui ont… disons laissé une grosse ardoise derrière elles.

— Tiens donc. Et comment vous êtes arrivés ici ? demanda le patron.

— Quelle question ? Par la route, bien sûr… et par un cadavre, aussi, répondit Breton sur un air narquois. Après tout, songeait-il, quitte à improviser, autant bluffer complètement.

— Ouais ! Très marrant, mais on vous l'a dit, Cathy, on a plus la moindre nouvelle.

— Oui, cela ne m'étonne guère.

— Allez, j'en ai marre de vos conneries, cassez-vous, ordonna le patron tout en faisant un signe au videur posté près du bar.

— Ravi d'avoir fait votre connaissance, conclut Breton en quittant les lieux. Nous aurons peut-être l'occasion de nous revoir, n'est-il pas vrai ?

Le chef Tournaise, était assez stupéfait, c'était la première fois, en deux ans de boulot à la SR qu'il voyait l'adjudant se livrer à ce type d'exercice.

— C'est la première fois que tu me fais un numéro pareil ! s'exclama-t-il, une fois dans leur voiture.

— Cela me prend de temps en temps. De toute façon, après ta brillante manœuvre, ils savaient que nous nous intéressions à Cathy. Autant brouiller les pistes et les mettre un peu sous pression. Mais inutile de te dire que je ne suis pas satisfait de la soirée. Je pense pourtant que le patron en sait beaucoup plus qu'il ne le dit sur Cathy.

De retour dans sa chambre d'hôtel, Charles Breton, enrageait intérieurement contre lui-même. Il n'aurait jamais dû accepter, presque sur un coup de tête, cette visite à la discothèque, sans préparation aucune. Décidément, à quarante-cinq ans, il prenait un sacré coup de vieux, se reprocha-t-il. Trop tard pour changer quoi que ce soit. Il caressa sa moustache, tout en se demandant si un bon thé lui permettrait de se calmer. Il renonça cependant à déranger le service d'étage. Fumer une pipe ? Non, le goût et l'odeur du tabac ne lui convenaient pas au moment de se coucher. Cessant de tourner en rond dans la pièce, il s'assit finalement dans un fauteuil.

Pourquoi se tourmentait-il donc ? Il désirait comprendre les raisons de cette nervosité soudaine qui ne lui ressemblait guère. D'accord, il y avait le raté de cette nuit. Mais il ne fallait pas en exagérer non plus les conséquences. L'enquête en général ? Elle n'était pourtant pas de sa responsabilité, le nouveau lieutenant la dirigeait. Il se demanda si finalement il ne désirait pas tout simplement se faire bien voir de ce nouvel officier. Non, non, ce n'était pas cela, il avait passé l'âge de ce genre d'attitude. Mais peut-être voulait-il plus simplement apporter toute l'aide de son expérience à ce jeune officier qui semblait à la fois compétent et sympathique… Il était également contrarié par la proximité de ses vacances. Ce voyage en Écosse, réservé pour la fin de la semaine, et dont sa femme se faisait une joie, allait l'écarter des recherches. En vérité, il aurait préféré ne pas abandonner ses camarades en plein milieu de l'enquête. Si l'assassin n'était pas arrêté avant le week-end, il était certain d'être tiraillé par cette affaire tout au long de sa villégiature. Mais, pas moyen de reporter le voyage, sous peine d'une scène de ménage des plus épiques…

* * *

CHAPITRE IX

Mercredi matin, le jour se levait seulement et les bureaux de la brigade des recherches départementale d'Avignon bourdonnaient pourtant déjà au gré des discussions. Après le « briefing » du lieutenant Hatlant et le bilan des filatures de la nuit, les équipes chargées des perquisitions et des auditions, le cas échéant dans le cadre d'une garde à vue, débattaient de leurs hypothèses respectives sur l'affaire. Chaque équipe était dirigée par un gradé ou gendarme ayant la qualité d'officier de police judiciaire, par un « OPJ » dans le jargon policier.

Achille avait maintenu le principe d'une intervention simultanée, mais en souplesse. Pas de porte défoncée bien évidemment, mais aussi aucune mesure de contrainte si Charlie, Bruno et Angelo n'avaient pas d'attitude manifestement hostile. L'objectif était de les amener à coopérer le plus possible. La perquisition était destinée à s'assurer qu'aucun indice en rapport avec le crime n'était présent à leur domicile.

Les éléments à rechercher étaient cependant peu nombreux ou assez vagues. La chaîne de cheville en or et rubis de Christelle était le seul objet suffisamment identifiable. Quant à l'arme du crime, les dimensions assez communes de la lame, ressortant de l'examen du médecin légiste, laissaient craindre que de nombreux couteaux puissent y correspondre. Il n'y aurait plus qu'à réaliser la recherche de traces de sang... Des taches de sang pouvaient également se trouver sur les vêtements portés par l'agresseur de Christelle, d'où la nécessité d'un examen minutieux de tous les effets vestimentaires. En cas de doute, les enquêteurs procèderaient à la saisie pour des examens en laboratoire. Les montres, chevalières ou autres bijoux portés aux mains ou aux poignets, pouvant facilement conserver des micro-traces de sang, suivraient le même chemin…

Hatlant se joignit à l'équipe menée par l'adjudant-chef Rémy, au domicile d'Angelo. Le lieutenant pensait en effet, vu la filature manquée de la nuit et les rapports du jeune homme avec la victime, que ce dernier était très certainement un personnage clef dans cette affaire. Il ne souhaitait cependant pas être associé à son audition, pour être en mesure de se consacrer à Laure, plus tard dans la matinée…

Rémy mena les choses avec finesse, en jouant son personnage favori de bon père de famille, multipliant ses excuses pour le dérangement, d'autant plus qu'Angelo était logé chez des amis. Il insista sur l'abomination que représentait à ses yeux le meurtre d'une pauvre jeune fille innocente, parla de sa propre fille et ponctua le tout de quelques : « Si c'est pas malheureux tout ça ». Achille avait quelques difficultés à refréner un sourire, tant ce rôle, en accord pourtant avec la physionomie générale, tout en rondeur, de l'adjudant-chef, différait de la distance et de la réserve qu'il montrait habituellement dans les interrogatoires de personnes plus âgées. La perquisition se déroula donc sans heurt, en présence d'Angelo Forte et du couple qui l'hébergeait. Angelo avait visiblement peu dormi la nuit précédente. Même fatigué, il avait un visage agréable, régulier, des cheveux noirs et des yeux tout aussi sombres qui devaient plaire aux filles. Mal réveillé, il ne semblait pas avoir les idées très claires, il suivait les enquêteurs, tel un zombie. Les réactions du jeune homme furent plus vives à propos de son blouson.

Rémy procédait à la saisie, pour examen, du blouson en jean avec la tête de mort rouge et noire, porté par Angelo le jeudi précédent le meurtre et qu'il avait donc encore le vendredi, puisqu'il avait dormi avec toute la bande près du Pont du Diable.

— Pourquoi vous me prenez mon blouson ? demanda Forte.

— Juste pour un examen approfondi, il vous sera rendu ensuite. C'est une simple routine. C'est parce que c'est le blouson que vous portiez jeudi dernier.

— Non, ce n'est pas celui-là, j'avais mon blouson en cuir ce jour-là.

— Oh ! C'est peut-être une erreur de ma part, s'excusa l'adjudant-chef sachant pourtant pertinemment qu'il n'y avait aucune erreur. Vous pouvez me montrer votre blouson de cuir, s'il vous plaît.

— Ben, non. Je l'ai jeté, justement. Je l'avais complètement éclaté à la suite d'une chute en moto.

— Vous ne vous êtes pas blessé j'espère.

— Non, non.

— Je vais quand même, si vous le voulez bien, saisir ces quelques affaires pour les examens, insista l'adjudant-chef, en englobant le blouson de jean d'un large mouvement de sa main.

— C'est vraiment utile pour l'enquête ?

— Tout à fait indispensable. Mais, tout vous sera restitué, soyez-en sûr.

— Alors allez-y.

Évidemment, légalement, Angelo n'avait aucun moyen de s'opposer à la saisie de ses affaires. Les précautions oratoires prises par Rémy étaient destinées à préserver l'image qu'il avait voulu donner dans sa démarche générale.

Les enquêteurs revinrent bredouilles des deux autres perquisitions, ne ramenant dans leurs gibecières qu'un assortiment de couteaux et toute une variété de jeans, blousons et chaussures. Bruno, quelque peu récalcitrant, avait été conduit au cabanon où il avait été vu dans la nuit. Mais le carton, dont il niait évidemment la propriété, ne contenait que quelques pièces détachées de motocyclettes et trois autoradios aux origines douteuses.

Les auditions se déroulèrent dans trois bureaux de la BRD d'Avignon. Avant même leur début, il était déjà huit heures trente, Achille quitta les lieux pour rejoindre Laure à Nîmes.

Après avoir offert un café et un croissant à Angelo, maintenant tout à fait réveillé, l'adjudant-chef Rémy, bien calé dans le fauteuil le plus confortable de l'unité – il l'avait discrètement emprunté dans le bureau du commandant de la BRD - entama l'interrogatoire, tandis que Vaillant était au clavier de l'ordinateur. Rémy plaça sa main gauche derrière sa tête et commença un lent massage de ses vertèbres cervicales, tout en posant sa première question.

— Alors, Monsieur Forte, j'aimerais que vous nous racontiez les circonstances dans lesquelles vous avez fait la connaissance de Christelle Fouvier.

— C'était un mardi, pas celui de la semaine dernière, celui d'avant. C'était pas encore le début du mois de septembre. C'était le début de soirée. Je me baladais avec un copain, Bruno, dans les rues d'Avignon. Bruno n'arrêtait pas d'essayer de brancher les meufs qui passaient… Puis, il repère deux filles, plutôt bien roulées, en train de commander des glaces au comptoir d'un snack. Elles étaient de dos. Il s'amène, passe son bras autour de la taille d'une en disant quelque chose dans le genre, « salut les filles, sympa de nous prendre des glaces, pour moi et mon copain ce sera quatre boules… ».

Il a pas eu de bol. Laure s'est dégagée en lui foutant son cornet de glace italienne en pleine poire. Pendant qu'il l'engueulait tout en essayant de se débarbouiller le visage, Kriss était morte de rire et Laure, tout en se marrant, récupérait une autre glace pour continuer son œuvre. J'étais moi aussi plié en deux de rire...

Tandis qu'il contait cette aventure burlesque, la mélancolie et le chagrin étaient palpables dans la voix d'Angelo.

— Cela aurait pu jeter un froid... commenta Rémy avec un sourire compatissant.

— Ouais, répondit Angelo en se reprenant, mais en les voyant ainsi se marrer, Bruno a compris qu'il pouvait retourner la situation... Il a commencé à faire le pitre avec sa glace dégoulinant sur son visage, en ne voulant plus s'approcher à moins de trois mètres de Laure... On avait fait connaissance.

— Et après ?

— Durant le reste de la soirée, on est resté à parler à la terrasse d'un bar, jusqu'à assez tard. On les a raccompagnées ensuite à moto, elles avaient posé leur camping-car à côté du Rhône, à quelques kilomètres au nord d'Avignon.

— Vous les avez revues ensuite ?

— Oui, pas tous les jours mais presque. On a fait des plans, du style baignade dans le Rhône, journée à la mer ou soirée en discothèque... Un peu de tout.

— Vous êtes vite devenus très bons amis... plus qu'amis peut-être, suggéra Rémy.

— Oui, mais pas forcément ce que vous pensez, répondit Angelo de manière un peu sèche.

— À votre connaissance avaient-elles d'autres amis, des fréquentations sur Avignon ? demanda l'adjudant-chef préférant ne pas insister pour l'instant sur des questions plus intimes.

— Oui, Laure est avignonnaise. Elle était partie il y a une paire d'années, mais elle connaît encore pas mal de monde ici. Mais je crois qu'elles sortaient surtout avec nous.

— Malgré cela, elles ne sont pas restées dans le Vaucluse ? demanda Rémy.

— Elles ont pris l'habitude de bouger souvent, avec le camping-car, d'après ce qu'elles nous racontaient. Et puis le coin où elles étaient c'était pas super. C'est même moi qui leur ai proposé de monter sur Montparoux.

— Est-ce que quelqu'un pouvait en vouloir à Christelle ou d'ailleurs aux deux jeunes filles ?

— Non, non. Pas que je sache…

— Bien, pourriez-vous maintenant reconstituer précisément votre emploi du temps de jeudi, vendredi et samedi derniers ?

— Ouais ! À peu près, je crois… C'est ce jeudi-là, en fin de matinée, que l'on a pris tous ensemble la direction de Montparoux. Les filles étaient dans le camping-car et on les escortait à moto. On a roulé dans les environs du Comté. On a pique-niqué dans la campagne. Finalement nous nous sommes installés sur une place de la ville. En chemin, Kriss avait fait monter un couple qui faisait de l'auto-stop. Nous nous sommes retrouvés à six. Un gars qui était déjà sur la place s'est joint à notre petit groupe. Kriss a sorti une guitare. Avec Bruno je suis allé acheter de la bière fraîche… On a beaucoup parlé, écouté de la musique, chanté… Et puis évidemment on a été emmerdé par les flics.

— Plus précisément ?

— C'est-à-dire que la police nous a demandé de partir. Ils disaient que nous dérangions le voisinage. Ils ne voulaient rien entendre. À la fin, nous avons préféré laisser tomber et nous sommes partis. La soirée du jeudi, on l'a passée dans la campagne, autour d'un feu.

— Et le vendredi ?

— Nos amis de rencontre sont partis, le couple de randonneurs, Franck et Anne je crois, et le gars de Montparoux surnommé « Mimille ». Ensuite, j'ai proposé aux filles de descendre vers le Gardon. On s'est retrouvé tous les quatre près du Pont du Diable. Le coin était tranquille. Le temps de grignoter autour d'un petit feu et Laure et Bruno ont décidé de partir pour la mer, passer quelques jours à lézarder sur les plages.

— Pourquoi n'y êtes-vous pas allés tous les quatre ?

— Kriss était tombée en admiration devant le paysage de la petite vallée du Gardon. Elle n'avait pas envie d'en bouger, peut-être aussi voulait-elle un peu de tranquillité... Je suis quand même resté avec elle... Elle me semblait un peu triste, alors je lui ai fait tout un numéro de cascades avec ma moto. D'ailleurs je me suis sérieusement gamellé. Après, comme je devais voir un pote qui avait un problème avec sa bécane, au Pontet, elle a accepté de m'accompagner. Nous sommes donc passés au Pontet, j'ai réglé vite fait le problème de la moto. Puis, on est allé au centre commercial. Elle a acheté des provisions pour le week-end. On a aussi pris un pot dans un bar de la galerie marchande. Ensuite, je l'ai ramenée au camping-car.

— Et vous êtes reparti ?

— Je suis resté un petit moment avec elle, nous nous sommes même baignés dans la rivière, après je suis reparti.

— Vous souvenez-vous de l'heure de votre départ ?

— Je sais pas trop, je suis pas là, sans arrêt, à regarder ma montre... Il devait être dix-neuf heures, vingt heures, plus peut-être... Il faisait encore jour. Non, je crois que la nuit tombait...

— Sur place ou à proximité sur le chemin du retour, avez-vous remarqué quoi que ce soit de particulier, la présence de promeneurs, une voiture en stationnement ?

— Je ne me souviens pas bien. Mais je crois qu'on a vu passer une ou deux personnes. Il y avait aussi plusieurs voitures sur le chemin.

— Vous pourriez les décrire ?

— Non, vraiment, ça m'a pas frappé, je n'ai pas fait attention. Franchement les promeneurs, je sais pas, un couple peut-être. Pour les voitures, il y avait plusieurs caisses blanches, une verte, je crois. Ah ! Si ! Aussi une BM noire. Enfin, je suis même pas sûr.

— Le soir vous étiez donc tout seul.

— Ouais, j'ai tourné un peu et puis je suis rentré.

— Vers quelle heure ?

— Je sais pas, je vous dis... vingt-deux, vingt-trois, minuit peut-être.

— Puis, le samedi...

— Je me suis levé tard. J'ai pas fait grand-chose de la journée, l'après-midi je suis allé bricoler ma moto dans un garage où ils me laissent travailler. J'ai passé la soirée au Techno-Bar.

— Vous n'aviez pas envie de retourner voir Christelle ?

— Elle devait me passer un coup de fil. Elle l'a pas fait.

— Donc, depuis vous n'êtes jamais retourné au Pont du Diable.

— Non. Dites, tout à l'heure chez mes amis, vous m'avez dit que vous m'expliqueriez plus tard ce qui lui était arrivé. Vous m'avez juste dit qu'elle avait été tuée. Vous pouvez m'en parler, maintenant ? demanda Angelo.

— Nous n'avons pas beaucoup de certitudes. Ce que je peux affirmer c'est que des promeneurs ont retrouvé son corps, nu, dans la garrigue près de Loubignac. C'était le samedi.

— Comment ça se fait, c'est loin du Gardon ? Comment est-elle morte ?

— Des coups de couteaux.

Soudainement, alors qu'il avait affecté tout au long de l'entretien un certain détachement, Angelo, réprima un sanglot, se leva, se détournant de ses interlocuteurs pour regarder par la fenêtre et cacher ses pleurs. Rémy et Vaillant restèrent silencieux quelques minutes.

— Je peux partir maintenant ? demanda Angelo au bout d'un moment.

— Nous aurions encore besoin de quelques précisions.

— Quoi ?

— Comment avez-vous appris la mort de Christelle ?

— C'est Laure qui me l'a annoncée au téléphone.

— Quel blouson portiez-vous à partir du jeudi ?

— J'en ai changé vendredi. Jeudi je portais mon vieux blouson en cuir et je l'ai complètement déchiré, justement en tombant le vendredi alors que j'essayais d'épater Kriss. Quand on est repassé par Avignon, j'en ai profité pour changer de blouson.

— Ont-ils des signes distinctifs, ces blousons ?

— Oui, ils ont tous les deux un crâne rouge et noir dans le dos, pas exactement le même, mais pas loin.

— Et donc le blouson de cuir, vous l'avez jeté.

— Ouais, il était déjà assez mal, ça l'a achevé. Pourquoi ? Il vous intéresse tant ce blouson ?

— C'est juste un détail, pour être sûr de faire nos examens sur les bons vêtements. À propos d'examen, ajouta Rémy, êtes-vous disposé à subir un prélèvement de salive. Il s'agit pour nous de pouvoir comparer votre empreinte génétique avec d'autres trouvées sur les lieux du crime.

— Ouais ! Pas de problème.

— Je sais bien que ça vous gêne, mais je suis obligé de revenir sur ce sujet. Christelle, pour vous c'était plus qu'une amie, vous aviez eu des relations sexuelles ?

— Non, et puis ce n'est pas vos affaires.

— Bon, je n'insiste pas. Un mot encore, sur votre travail, vos sources de revenus…

— Pour l'instant je n'ai pas de travail. Enfin, je donne parfois un coup de main pour la mécanique à des amis, et ils me filent un peu de blé. Sinon, je touche le RMI.

L'adjudant-chef Rémy fit une pause pendant laquelle un médecin effectua les deux prélèvements habituels. Il régla aussi en aparté avec Vaillant, la stratégie à adopter pour la suite de l'interrogatoire.

Chacun ayant repris sa place, Rémy laissa un long silence s'instaurer. Il donnait l'impression d'être plongé dans quelque profonde réflexion...

— Bon, je peux partir maintenant ? demanda à nouveau Angelo.

— J'ai l'impression que tu ne nous dis pas tout ce que tu sais, répondit lentement Rémy, d'une voix douce, en passant au tutoiement. Tu vois, ça me gêne beaucoup quand je pense à la gamine... Ce serait bien si la mémoire te revenait...

Un nouveau silence se fit. Angelo, à son tour, semblait réfléchir.

— Oui, vous avez raison, dit-il. Je ne sais pas si ça a vraiment un grand intérêt... Voilà, mercredi soir, nous avions passé tous les quatre la soirée en discothèque, au « Blue Lagoon ». Là, il y a deux types qui ont tourné autour des filles. Ça a failli se terminer en baston, avec Bruno et moi. Parmi les deux il y en avait un que je connaissais un peu, Darky, c'est son surnom. C'est lui qui a calmé le jeu. Il m'a dit, en me prenant à part, qu'il voulait pas nous piquer nos nanas, mais qu'il y avait des amis à eux qui les recherchaient. Il a sorti de sa poche une photo, représentant Laure, Kriss et une troisième fille, rousse, accoudées à un comptoir de bar. Le visage de la rousse était rayé d'une croix. Darky a expliqué qu'elles avaient escamoté un gros paquet de tunes, rapport avec de la came, et que le type qui s'était fait délester l'avait très, très mauvaise… Il voulait qu'elles raquent ou qu'elles travaillent pour lui. Voilà, Darky m'a chargé de leur faire passer le message.

— Qu'est-ce qu'elles en ont dit ?

— Rien, parce que je ne leur en ai pas parlé. Je voulais pas leur faire peur. On a quitté la boîte, nous étions en moto, avec Bruno on s'est arrangé pour ne pas être suivis et le jeudi c'est en fait pour ça que je leur ai proposé de partir sur Montparoux.

— As-tu vu Darky et son compère depuis ?

— Oui, je les ai vus cette semaine, je ne sais plus très bien, lundi ou mardi soir, au Techno-Bar, à Avignon. Ils m'ont reparlé des filles, mais ils ne semblaient pas trop pressés. Moi, je leur ai dit que c'étaient des meufs qu'on avait levées juste comme ça, et qu'après tout c'était leur merdier à elles.

— Sais-tu où les trouver ces deux types ?

— Ils m'ont dit que je pouvais laisser des messages au Techno-Bar et Darky m'a filé son numéro de mobile. Le voilà.

— Bien, tu vois autre chose à nous raconter ? demanda Rémy.

— Non, vous avez tout.

— Bon et alors vous dites que vous n'êtes pas revenu au Pont du Diable, lança Vaillant sur un ton agressif.

— Oui, pourquoi ?

— Parce que c'est faux, rétorqua Vaillant froidement.

— Qu'est-ce qu'il vient me faire chier lui ? demanda-t-il à Rémy.

Mais ce dernier resta silencieux, l'air gêné.

— Hier soir, vous n'avez pas croisé de moto peut-être sur un chemin menant au Gardon ?

— Ah ! Ouais ! Merde ! Vous étiez déjà après moi hier…

— Pas seulement depuis hier, ajouta Vaillant, alors ?

— Oui, ben hier, je croyais que ça n'avait pas d'importance. J'avais besoin de rouler. Et puis j'ai voulu aller là-bas. Je le sentais comme ça…

— Et tu as trouvé ce que tu étais allé chercher ?

— Je cherchais rien.

— Fais attention à ce que tu dis. N'oublie pas qu'on te lâche pas depuis un bon moment !

— Oui, j'étais allé chercher quelque chose… Des souvenirs, connard !

— Parfait, répondit Vaillant, je vous avise que vous êtes placé en garde à vue, pour vingt-quatre heures, avec possibilité de prolongation à quarante…

— Attends, interrompit calmement l'adjudant-chef Rémy s'adressant à Vaillant. Tu vois bien que toute cette histoire l'a retourné, il ne sait pas très bien où il en est… Je pense que l'on devrait s'arrêter là pour aujourd'hui.

— Mais, il ne raconte pas tout ce qu'il sait, opposa Vaillant.

— Là, à mon avis, il n'est pas en état de répondre avec précision à toutes nos questions.

S'adressant cette fois à Angelo, il demanda :

— On pourra se voir demain, au calme ?

— Ouais ! Avec vous, pas de problème.

L'adjudant-chef Rémy mit à profit les quelques minutes pendant lesquelles Vaillant procédait à l'impression de la déclaration, pour donner une carte avec ses numéros de téléphone personnels à Angelo.

— En cas de problème, tu n'hésites pas, tu m'appelles, lui dit-il.

Angelo signa sa déposition et quitta la gendarmerie. Rémy l'observait depuis la fenêtre du bureau pendant que Vaillant mettait en ordre les pièces de procédure.

— Je me demande si le vieux truc du flic gentil et du flic méchant, c'est vraiment crédible, s'interrogeait Vaillant à haute voix.

— Cela dépend avec qui, et pour quel effet recherché. Là, il s'agissait juste de renforcer les liens entre lui et moi. On verra… dit placidement Rémy

— Et ton impression sur le fond ?

— Il était bien accroché par la petite. C'est tout ce que je conclurai pour l'instant. Allons voir ce qu'ont raconté nos autres clients.

Bruno Martin, était toujours entendu par le chef Fitou et un gendarme de la BRD d'Avignon. Les débuts avaient été difficiles. Jouant l'imbécile, ou plutôt ne réalisant pas la différence entre l'affaire pour laquelle il était entendu ce jour-là et ses visites précédentes chez les policiers ou les gendarmes, Bruno avait d'abord dit ne plus se souvenir de grand-chose, était resté complètement évasif sur les dates, les jours, les personnes… Une longue explication s'était avérée nécessaire, ainsi que l'assurance que les quelques peccadilles trouvées dans le cabanon, seraient oubliées. Il ne pouvait pas s'empêcher de « rouler les mécaniques » alors qu'il n'était pas bien impressionnant, du haut de son mètre soixante-dix, avec ses longs cheveux ébouriffés et son teint pâle.

Il confirmait, dans les grandes lignes, les circonstances de la rencontre avec Laure et Christelle et le déroulement des journées passées en leur compagnie, jusqu'au vendredi précédent vers midi.

…

— Alors là, comme Laure avait vachement envie d'être seule quelque temps avec moi, je l'ai emmenée au Grau-du-Roi, chez des potes qui me prêtent leur studio. On a passé tout le week-end ensemble. C'était « sea, sex and sun », et surtout sexe si vous voyez… Elle est canon cette meuf.

— Vous n'êtes pas sortis en soirée, le vendredi ou le samedi ?

— Non, à part un petit tour sur le port pour acheter un sandwich ou un hamburger. On s'est aussi baigné la nuit. Mais pas de sortie en boîte. On est resté finalement jusqu'au mardi matin.

— C'est ce que vous aviez prévu ? demanda l'enquêteur de la BRD, tandis que Fitou rejoignait l'adjudant-chef Rémy qui l'avait appelé depuis la porte du bureau.

— Attends, moi je prévois rien, je fais ce que je veux, quand je veux, comme je veux... On est resté jusqu'à ce qu'on ait envie de partir. C'est tout.

— Donc, le retour...

— J'ai ramené Laure sur ma moto jusqu'à Montparoux, enfin, jusqu'à l'endroit où était le camping-car, près du Gardon.

— Vous avez vu le camping-car ?

— Non, pas là, j'ai laissé Laure plus haut, dans le chemin. Elle m'a dit de la laisser là, j'ai pas bien saisi pourquoi. Des fois, les meufs, de toute façon, c'est n'importe quoi.

— Et après ?

— Je suis rentré chez moi, à Avignon.

— N'y a-t-il pas eu un soir, avant ce week-end, un problème lors d'une sortie avec les filles en discothèque, demanda Fitou qui venait de reprendre le cours de l'audition.

— Quel genre de problème ?

— Des types qui auraient voulu draguer Laure ou Christelle, par exemple.

— Ah ! Ouais ! Mais avec moi, ils sont pas arrivés. Je leur casse la gueule et on en parle plus. Ouais, il y a deux gars qui cherchaient des noises aux filles, on les a dégagés vite fait avec Angelo.

— À part la drague, n'avaient-ils pas d'autres motifs ?

— O.K., je vois qu'Angelo vous a raconté. Bon, ben, en fait les filles avaient arnaqué quelqu'un, pas mal de temps avant, un beau paquet. Ils voulaient récupérer le pognon. Mais ils n'ont pas insisté, sinon je leur faisais leur fête.

— Vous les connaissiez ?

— Ouais, peut-être, de vue, des gars d'Avignon.

— Comment ont réagi les filles ?

— Angelo n'a pas voulu qu'on leur en parle.

— Autre point de détail, vous nous avez indiqué votre tenue vestimentaire à la fin de la semaine dernière, vous souvenez-vous du blouson que portait Angelo ?

— Je sais pas trop. De toute façon, il n'en a que deux, un cuir et l'autre en jean.

L'audition prit fin peu après. Bruno Martin accepta à son tour sans rechigner de se livrer à un prélèvement de salive. Charles Mazet, dit Charlie, s'y plia de son côté. Son récit n'avait amené que la confirmation des déclarations de Bruno et d'Angelo, à l'occasion des rares soirées au cours desquelles ils s'étaient rencontrés ou avaient participé tous ensemble à quelque loisir nocturne.

Charlie avait donc fort peu connu les deux jeunes filles. D'un autre côté, les attitudes d'Angelo et de Bruno étaient presque opposées. Au fort impact qu'avait le meurtre sur Angelo répondait le relatif désintérêt de Bruno. Ce dernier n'avait pas cherché à en apprendre plus sur les circonstances du drame, mais s'était contenté de lancer une formule vengeresse, « dès qu'on le trouve, je lui fais la peau ». Rien de très concluant, au final. Les prélèvements et les objets saisis seraient peut-être de plus d'utilité. Ils partaient le matin même pour le laboratoire.

* * *

CHAPITRE X

Il était dix heures quand Achille se présenta à la réception du vieil hôtel nîmois. Un tapis rouge usé partait des quelques marches conduisant au hall d'accueil. Des plantes grasses offraient une touche de verdure au milieu des lambris et des meubles patinés. S'enquérant à la réception de l'occupante de la chambre quatorze, l'hôtesse lui répondit qu'elle était dans sa chambre. C'était déjà un soulagement pour Achille qui avait craint que le caractère très indépendant de la jeune femme ne la pousse à s'évader vers d'autres horizons. Laure n'avait pas encore commandé de petit déjeuner. Il s'en chargea et monta lui-même un plateau bien garni. Alors que les marches défilaient, il doutait sérieusement de la motivation profonde de ce petit déjeuner… Était-ce seulement, comme sa logique le lui dictait, une manœuvre supplémentaire pour s'assurer de la coopération d'un témoin difficile, ou plutôt le signe d'une attirance assez incompréhensible pour cette jolie rebelle ?

Il frappa du coude, évitant de répandre café, lait et jus d'orange sur les viennoiseries. Pas de réponse. Nouvelle tentative. Aucun effet. Posant cette fois son plateau, Achille toqua alors avec vigueur à la porte… et fut tout autant récompensé de ses efforts : seul le silence répondait à ses coups.

Descendant quatre à quatre les escaliers jusqu'à la réception, Achille souhaitait maintenant ardemment qu'il ne s'agisse que d'une fugue. Sa tenue bleue le dispensa de longues explications pour se faire remettre le passe avec lequel il ouvrit finalement la porte de la chambre quatorze. Il se précipita, sans précaution aucune, à l'intérieur. Rien.

Il ne fallait qu'une faible dose de perspicacité pour supposer, le lit étant défait, la fenêtre ouverte et la balustrade solide, que Laure s'était envolée. En tout cas Hatlant ne voulait pas retenir l'hypothèse, plus rocambolesque, d'un enlèvement… encore que…

Il rentra le plateau, s'assit sur le lit et se servit une tasse de café tout en se remémorant une ancienne chanson de Georges Brassens. Vraiment, avec son bel uniforme et son plateau de petit déjeuner, il avait l'air d'un con… La sonnerie de son mobile le tira de ses pensées musicales. C'était l'adjudant Robion qui s'impatientait pour la reprise de l'examen du camping-car.

…

— Alors elle est partie, répéta l'adjudant, comme pour confirmer qu'il avait bien compris les explications du lieutenant.

— En tout cas elle n'est plus à son hôtel.

— On fait quoi maintenant pour le camping-car ?

— Attendez encore deux heures, au cas où elle réapparaîtrait, et vous poursuivrez les opérations avec deux témoins… On diffusera une fiche de recherche.

Quelques instants plus tard, une nouvelle sonnerie rendit quelque espoir à Achille.

— Allô !

— Bonjour lieutenant, Frédérique Richard à l'appareil, je ne vous dérange pas ?

— Non, pas vraiment.

— Je peux vous demander si la découverte du lieu du crime, hier, a permis à l'enquête d'avancer ?

— Pour être tout à fait franc, mais ne le publiez pas, là, précisément en ce moment, je n'ai pas l'impression d'avancer beaucoup, dit-il en reposant sa tasse de café.

— J'ai pourtant entendu parler de suspects arrêtés ce matin en Avignon.

— Certainement pas, on vous a mal informée. Ce matin nous avons effectivement mené diverses vérifications à Avignon et entendu longuement plusieurs témoins, rectifia Achille en restant malgré tout ébahi par la rapidité avec laquelle elle avait eu des informations sur les opérations de la matinée.

— Entendu longuement? Donc en garde à vue?

— Pas du tout, de simples auditions de témoin.

— Je dois vous croire?

— Oui, si vous ne voulez pas que les colonnes du *Midi libre* colportent de simples ragots.

— J'ai confiance en vous, dit-elle. Mais au fait, notre déjeuner a été écourté hier, nous pourrions essayer un nouveau restaurant à midi, qu'en pensez-vous?

— C'est très aimable de votre part, mais aujourd'hui, je crains d'être réellement débordé.

— Alors, je peux au moins vous rappeler ce soir.

— D'accord pour ce soir.

En avant pour un second café, se dit Achille en remplissant à nouveau sa tasse.

La porte s'ouvrit.

— De quel droit vous vous êtes permis d'entrer dans ma chambre? demanda Laure, foudroyant Achille de ses yeux noirs, courroucés.

Il resta un instant sidéré, ne sachant que répondre.

— C'est bien des méthodes de flics, ajouta-t-elle.

Calme, rester calme, se murmurait intérieurement Achille.

— J'étais inquiet, tout simplement, dit-il.

— Inquiet pour moi, j'en reviens pas, mais ce n'est pas une excuse.

— Non, juste inquiet pour le café qui refroidissait, dit-il en montrant de la main le plateau tout en offrant un large sourire.

Miracle, elle y répondit par une joyeuse grimace.

— Allez, vire ce sale uniforme de mon lit et sers-moi du café, si tu ne veux pas que je sois de mauvaise humeur pour le restant du jour.

— À tes ordres ! s'écria militairement Achille, toujours riant.

— J'ai été assez étonnée, tu n'avais pas laissé de cerbères en képi autour de l'hôtel.

— Je ne l'ai pas cru nécessaire, avais-je tort ?

— Non, mais cela m'aurait bien plu d'aller les taquiner après être sortie par la fenêtre. J'ai fait le tour de l'hôtel, personne. J'étais presque un peu déçue.

Tout rentrait dans l'ordre, si l'on pouvait seulement appliquer une telle expression à Laure. L'examen du camping-car pouvait reprendre. Il s'acheva peu avant midi. L'adjudant Robion fit un rapport détaillé des éléments pouvant intéresser l'enquête.

Le camping-car n'avait vraisemblablement pas fait l'objet d'une fouille avant sa saisie par les enquêteurs. Le vol n'était donc probablement pas le mobile du meurtre.

Il ne manquait effectivement aucun effet vestimentaire de Christelle.

Le seul bien de valeur manquant était la chaîne de cheville en or et rubis lui appartenant. Par contre une somme de seize mille francs, en coupures de cent et de deux cents francs, camouflés dans une cache peu accessible était bien en place. Laure expliqua qu'il s'agissait de leurs économies, c'est-à-dire des derniers restes de l'argent volé avec Cathy.

Au vu de leur position sur la tablette du camping-car, ses banquettes ou sur son plancher, les derniers objets qui avaient été touchés semblaient être des vêtements de Christelle, short en jean, tee-shirt, slip, chaussures, ainsi qu'un drap de bain, encore humide. Il y avait aussi, en vrac, les achats réalisés au supermarché du Pontet et réglés, d'après le ticket de caisse, le vendredi à dix-neuf heures quinze : boîtes de conserve, sac à dos, crème solaire, papier toilette, etc.

Il n'y avait pas de trace de lutte à l'intérieur du camping-car. Les tâches de sang à l'extérieur semblaient indiquer que les coups de couteau avaient cependant été portés sur Christelle à moins de deux mètres du véhicule, avec quelques projections sur la carrosserie. Des traces de sang étaient également présentes à l'intérieur, mais correspondaient probablement aux faits et gestes des premiers intervenants sur les lieux, Laure elle-même, les pompiers qui avaient dû également marcher ou toucher les traces sanglantes, puis monter dans le Volkswagen, ou le toucher. Les mêmes remarques valaient pour la patrouille de gendarmerie, arrivée sans précaution aucune. Pour Robion, il faudrait un travail considérable pour séparer les traces significatives de tous les polluants, sans compter Mimille et le couple de randonneurs qui, comme la police municipale de Montparoux, avaient dû laisser des empreintes suffisamment récentes pour être retrouvées et compliquer encore le travail de police scientifique. À la simple évocation de ce travail de titan, l'adjudant tripotait en tous sens sa barbichette.

Pour l'anecdote, Robion avait également trouvé quelques barrettes de résine de cannabis, mais rien qui dépasse le niveau de la consommation personnelle.

Évidemment, tous les noms, numéros de téléphone et adresses notés ici ou là, sur un bout de papier, un calepin ou un répertoire étaient maintenant inventoriés. Il s'agissait presque exclusivement, suivant les explications de Laure, de copains et de copines de rencontre, un peu comme Angelo et Bruno à Avignon.

L'adjudant, tel une mécanique bien huilée, s'était déjà préoccupé des investigations à mener auprès du centre commercial du Pontet. Il savait déjà que les cassettes de vidéosurveillance du vendredi étaient, hélas, effacées. Mais il avait récupéré le nom de la caissière qui avait délivré le ticket à Angelo et Kriss, ainsi que celui des caissières voisines à l'heure considérée, et encore les numéros de carte bancaire et de chèque des clients étant passés à ces mêmes caisses dans la demi-heure entourant le paiement effectué en liquide par la victime. Seuls les clients ayant réglé en espèces resteraient probablement inconnus.

Les scellés étaient par ailleurs conditionnés et partaient vers le laboratoire. Pour l'instant, Robion n'avait pas encore le résultat des premières analyses à partir des prélèvements effectués sur le lieu de découverte du cadavre et durant l'autopsie. « Très bel ouvrage, monsieur le mousquetaire » félicita le lieutenant, en se permettant, pour la première fois, d'employer le surnom de l'adjudant.

Hatlant, après avoir reçu par télécopie les auditions des équipes d'Avignon, orienta leur travail pour l'après-midi sur le centre commercial et sur Darky. Ayant troqué son uniforme contre un jean noir et un polo rouge, il proposa à Laure de déjeuner avec lui, avant de procéder vers quatorze heures à une dernière audition officielle. Elle accepta. Elle était tout de noir vêtue, ayant récupéré dans ses affaires du Volkswagen une chemise noire, mais le pan de sa chevelure teint en rouge avait un éclat d'autant plus lumineux.

Ils trouvèrent une table sur la terrasse de l'un des petits restaurants aux abords des arènes. Il faisait beau, les promeneurs et les touristes étaient nombreux. Déjà, des affiches annonçaient un peu partout la prochaine feria des vendanges. L'atmosphère invitait à la détente.

Presque inconsciemment, Achille avait rangé ses lunettes pour mettre en valeur ses yeux d'un vert pâle et, bizarrement, avait laissé une longue mèche châtain reprendre toute sa liberté, en lui barrant le front.

— Voilà, tu ne vas plus tarder à être débarrassée de nos questions. Tu pourras reprendre le camping-car dès cet après-midi. Les objets saisis te seront rendus plus tard. Pourtant, il me paraît important de pouvoir te joindre, d'une part pour préciser éventuellement certains points dans le déroulement ultérieur de l'enquête et puis, si tu le souhaites, pour t'en donner le résultat, même si juridiquement tu n'es pas concernée.

— De toute façon, là, je ne sais pas vraiment où diriger mes pas...

— Bruno, Angelo? demanda-t-il, imperceptiblement à contrecœur.

— Non, pas Bruno. Ça va un moment, il est plutôt pas mal foutu, mais alors c'est un petit con. Mis à part le sexe, il n'y a pas grand-chose à en tirer... Je te choque?

— Que nenni, gente dame, répondit Achille en contraste.

Elle éclata de rire et son aspect rebelle sembla se dissiper quelques fractions de seconde. Achille savoura ce rire d'autant plus intensément qu'il savait que des sujets plus graves devaient suivre.

— En parlant de Bruno et d'Angelo, reprit-il, ils ont été entendus ce matin en Avignon...

— Forcément vous êtes allés les faire chier, interrompit-elle.

— Cela me paraît évident, ce sont, avec toi, les dernières personnes à avoir vu Christelle vivante. On a fait le strict nécessaire, comme pour toi.

— J'imagine...

— À ce propos, ils ont parlé d'une altercation dans une boîte de nuit, tu t'en souviens ?

— Oui, c'était au Blue Lagoon. Deux types, l'air complètement tarés, crânes rasés, qui ont voulu plus ou moins nous brancher Kriss et moi. Je leur ai gentiment, pour une fois, dit de dégager. Mais ils ont insisté. J'ai commencé à m'énerver et Bruno et Angelo sont intervenus. Ils les ont pris à part, j'ai cru un instant à la bagarre, mais finalement ils sont arrivés à les calmer. On est quand même partis. Tu crois qu'il pourrait y avoir un rapport avec le meurtre de Kriss ?

— Je t'en parle, parce que cela me paraît important pour ta propre sécurité. D'après Angelo, ces types vous avaient reconnues et étaient au courant du vol que vous aviez commis avec Cathy et Kriss. Ils voulaient vous faire rembourser d'une manière ou d'une autre.

— Et Angelo ne nous a rien dit ? Il est taré.

— Je crois qu'il a préféré ne pas vous faire peur. Dès le lendemain c'est lui qui a proposé de quitter Avignon.

— C'est complètement con, il devait en parler, au moins à moi.

— On ne peut rien y changer maintenant, dit Achille, mais il y a une autre coïncidence pour le moins suspecte. Cathy est morte il y a quelques mois. Je n'ai pas tous les détails de mon équipe, mais ce serait un décès par overdose.

— C'est l'enfer ce que tu dis…

Laure resta silencieuse pendant un moment en se tenant la tête à deux mains.

— Tu sais, Cathy ne se shootait pas. Elle était trop intelligente pour faire une connerie pareille. Elle fumait quelques joints, c'est tout.

— Ils vont étudier le dossier, pour vérifier les éléments de l'autopsie et les constatations lors de la découverte du corps. Il est trop tôt pour tirer des conclusions, mais je crois qu'il faut que tu sois prudente.

— Pas vraiment mon genre.

— Je pourrais toujours te proposer quelques gendarmes comme gardes du corps, tout au moins pour deux ou trois jours, mais je ne crois pas que tu le supporterais…

— Oui, c'est pas une bonne idée.

— Je peux aussi t'héberger chez moi, proposa-t-il, regrettant aussitôt son invitation spontanée tant une telle manière de procéder, si elle était connue, permettrait le cas échéant à la défense d'invoquer la partialité du directeur d'enquête.

Mais le procès était encore loin, fallait-il d'abord trouver l'assassin…

— Ah oui ! Alors comme ça tu veux m'inviter chez toi ?

— Ce n'est peut-être pas non plus une bonne idée.

— Faut voir. C'est où chez toi ?

— Dans la caserne de la gendarmerie.

— O.K. Finalement je vais plutôt aller poser mon camping-car en bord de mer, c'est préférable pour mon équilibre mental.

— Comme tu veux, mais évite, s'il te plaît, les discothèques, puisque j'ai l'impression que vous étiez recherchées dans ce milieu-là. Votre coup, avec Cathy, j'imagine qu'il avait un rapport avec la boîte où travaillait Cathy, le Sunlight ?

— Oui, Cathy nous avait vaguement expliqué que le propriétaire était un gros trafiquant et qu'il recyclait une partie des recettes de la came dans les revenus de ses boîtes. Je crois qu'il en avait plusieurs dans la région. On l'avait refait de cinq cent mille.

— Ah ! Plutôt un joli coup, estima-t-il d'un air admiratif.

— Ouais, ça nous a permis de nous faire plaisir et de tenir jusqu'à maintenant. Le pactole est presque épuisé.

— Tu as des noms, des surnoms, des adresses pour les membres de son réseau ?

— Non, Cathy seule était vraiment impliquée. Mais, à moi un peu de poser une question. Je reviens sur ta proposition, tu n'aurais pas eu peur, en hébergeant une fille avec mon loo.k., de la rumeur, des jugements, bien moralisateurs j'imagine, de tes collègues ?

— Non, vraiment pas. Ce n'est pas mon problème. Il y avait juste un petit risque, plus tard, pour le procès, c'est tout. La façon dont je m'habille, les gens que je fréquente ou que je reçois, c'est ma vie privée. Un point c'est tout.

— T'es pas trop mal, peut-être... enfin, je veux dire, pour un flic.

— Merci quand même pour le compliment. Mais j'ai encore une question. Peux-tu me parler de la chaîne de cheville de Kriss ?

— Oui. Elle n'était pas vraiment du genre à porter des bijoux. Seulement quelques piercing ou quelques bagues et bracelets en argent. Mais elle avait fantasmé, à Strasbourg, sur cette chaîne en or et rubis, vraiment superbe d'ailleurs, dans la vitrine d'un bijoutier. Dès qu'on a eu l'argent du coup Cathy et moi, on lui a acheté avant de mettre les voiles.

— Elle valait ?

— Je crois pas loin de deux bâtons.

— Beau cadeau. Elle la portait souvent ?

— Autant dire tout le temps. Elle la mettait même lorsqu'elle était chaussée de tennis. Elle avait failli la perdre deux ou trois fois, mais la chance lui souriait toujours, on la retrouvait là où elle était tombée.

— Merci, on enregistrera tout ça tout à l'heure. Veux-tu autre chose ? demanda Hatlant en remarquant l'assiette vide de Laure.

Elle avait dévoré, avec un appétit certain la moitié de la côte de bœuf commandée à deux.

— Merci. J'avais faim, même après ton copieux petit déjeuner. Juste un café maintenant.

Ils quittaient bientôt le restaurant pour les bureaux de la section de recherches.

CHAPITRE XI

À Montparoux, la brigade territoriale et la police municipale restaient mobilisées sur l'enquête. Les gendarmes locaux n'avaient pas été associés, pour des raisons pratiques, aux investigations menées dans le Vaucluse et certains, surtout les plus jeunes, en ressentaient une vive déception. L'enquête criminelle représentait pour ceux ayant la passion de la police judiciaire, l'image même pour laquelle ils avaient poussé la porte des écoles des sous-officiers de la gendarmerie.

Hatlant ne les avait cependant pas laissés sans travail. Ils avaient d'abord poursuivi une vaste opération de porte-à-porte dans le voisinage, pour retrouver trace du passage du camping-car ou de Christelle Fouvier à Montparoux et dans les environs. En second lieu, ils exploitaient quotidiennement les prises de vue photographiques opérées de nuit, dans le créneau horaire du crime, sur la départementale ayant forcément été empruntée par celui ou ceux s'étant débarrassés du corps dans la garrigue. Enfin, il fallait si possible retrouver la trace de Mimille et du couple de randonneurs présent le jeudi soir avec Laure, Kriss, Angelo et Bruno.

La gendarme Ribes et les deux policiers municipaux s'investirent beaucoup dans cette tâche, d'autant plus motivés qu'ils étaient les seuls à avoir vu ces trois personnes. Le brigadier-chef Gerfaut et le brigadier Delcamp dépassaient ainsi largement leurs horaires quotidiens et sortaient même allégrement des limites administratives de la commune où, pourtant, leurs fonctions auraient dû les cantonner.

Ce mercredi matin, dès huit heures, la jeune gendarme devait amener au brigadier-chef les cartes indiquant la répartition des itinéraires de patrouille, entre la brigade et la police municipale. Gerfaut habitait une villa, récemment construite dans le style méridional traditionnel, à l'extérieur de la cité. Ribes se gara devant le portail. Tout semblait fermé. Elle craignit un instant de devoir réveiller la petite famille du brigadier-chef. Mais, ses appuis répétés sur la sonnette restèrent sans réponse.

Soucieuse de bien faire, elle passa un appel radio à la brigade pour demander des instructions.

— Faites preuve d'un peu d'initiative ! lui répondit un gradé, donnez la carte au brigadier Delcamp, ou laissez-la tout simplement dans le bureau de la police municipale.

Ribes rougit légèrement de colère, mais ne répondit pas. Elle se souvenait de l'adresse de Delcamp et décida d'y passer, les bureaux n'ouvrant qu'à neuf heures.

Devant la porte de l'appartement du brigadier, elle eut plus de succès : il ouvrit en quelques secondes.

— Bonjour, Carole ! Tu vas bien ? salua Delcamp qui, comme les gendarmes de la brigade, à l'exception des gradés, l'appelait par son prénom.

— Bonjour ! Oui, ça va bien, répondit-elle, sans pour autant lui retourner la question, sachant bien qu'il avait quelques soucis familiaux. Voilà, je suis venue t'amener les itinéraires que l'adjudant-chef vous propose pour aujourd'hui.

— Parfait, merci. Tu veux prendre un café ? proposa Delcamp.

— Allez, c'est pas de refus.

Ribes fut invitée à s'asseoir à la table de la salle à manger. Le mobilier, en bois, dans un style rustique, n'était pas vraiment du goût de la jeune femme. Elle préférait les meubles modernes, fonctionnels, et aux couleurs vives. Les quelques tableaux formant la décoration lui paraissaient également d'un commun des plus navrant. Elle n'arrêta ainsi son regard que sur les photos représentant Delcamp, sa femme et ses deux petits enfants. Tous blonds aux yeux clairs, ils devaient presque passer pour des touristes dans les environs tant ils s'éloignaient des physiques méditerranéens. Delcamp revint de la cuisine en apportant deux tasses de café.

— Alors, depuis hier, quelles sont les nouvelles de l'enquête ? demanda-t-il.

— Tu es déjà au courant de la découverte du camping-car. Je ne sais pas précisément ce qu'a donné la fouille du véhicule ni les déclarations de la fille. L'enquête sur le père, en Alsace n'a débouché sur rien. Mais cette nuit, il y avait pas mal de surveillances prévues, pour les motards qu'on avait vus ici l'autre jour.

— Et ça a marché ?

— Je ne sais pas, on a pas eu d'info.

— Moi, avec l'air bizarre qu'il avait, je suis persuadé que le grand motard est dans le coup.

— Celui qui s'appelle Angelo ?

— Oui, il regardait la jeune fille d'une façon pas normale.

— Je sais pas trop. Enfin, pour nous, il faut retrouver le clodo. Il faut que j'y aille. Merci pour le café.

— De rien. À plus tard... Bonne chance !

Mais, ce matin-là, vers dix heures, la chance était en fait du côté de Delcamp et Gerfaut. Ils tombèrent par hasard sur Mimille, faisant de l'auto-stop, tout simplement à quelques kilomètres de Montparoux, pour rejoindre la ville. Les policiers lui offrirent avec grand empressement leurs services, mais le déposèrent directement à la brigade. Un tel procédé était évidemment en dehors de tout cadre juridique valide. C'est ce que ne manqua pas de relever l'adjudant-chef Banyoul en sermonnant les municipaux, plutôt sur un ton bon enfant vu le précieux service qu'ils rendaient. Il décida pour éviter tout risque de nullité de s'en tenir à une audition de témoin, en espérant que Mimille n'allait rien révéler qui nécessite sa garde à vue, auquel cas, les problèmes de procédure pénale allaient commencer.

On installa Mimille, le clochard, bien sympathique avec sa cinquantaine marquée et une impressionnante chevelure grisonnante assortie d'une barbe hirsute, dans un bureau bien aéré. En effet, quelques relents de vin venaient hélas perturber la bonhomie du personnage. Il s'appelait en réalité Émile Clapier et menait cette existence marginale et vagabonde depuis déjà de nombreuses années, sans toutefois s'être aventuré beaucoup plus loin que les départements voisins. Ribes se mit à l'ordinateur et l'adjudant-chef Banyoul, après les rituelles questions d'État civil, aborda sa rencontre avec les jeunes gens sur la place de Montparoux.

— Où étiez-vous jeudi dernier ?

— Ben là, excusez, mais je me souviens pas, répondit lentement Mimille avec un air d'intense réflexion.

— Bon, est-ce que vous vous souvenez d'avoir discuté, en ville, la semaine dernière, avec un groupe de jeunes gens ?

— Ah ! Ouais. Ça ouais. Je papote toujours et l'été c'est vachement bien, il y a plein de jeunes qui me font la conversation, ou qui me donnent une pièce ou une cigarette.

— Je vais vous montrer des photographies, vous me direz si vous reconnaissez des personnes que vous avez vues il y a quelques jours à Montparoux.

Banyoul, présenta les planches d'identification d'Angelo Forte, de Bruno Martin, de Laure Pagès et de Christelle Fouvier, sur lesquelles leurs photographies étaient mêlées avec celles d'autres personnes présentant sensiblement les mêmes grands traits descriptifs. Mais Mimille en reconnut plusieurs, dont certes Angelo, Bruno et Laure, mais d'autres encore sans rapport aucun avec l'enquête. Cependant, il reconnut instantanément Christelle.

— Ouais ! La petite, je m'en souviens bien. Je crois d'ailleurs qu'elle était avec les autres. Elle était ben gentille.

— Vous souvenez-vous un peu mieux, maintenant, de votre rencontre avec ces jeunes gens ? demanda Ribes.

— Ouais, ouais ! On a bu quelques canettes sur la place. Il faisait vachement chaud, j'avais une de ces soifs... Dites, vous auriez rien à boire ?

— Oui, bien sûr Monsieur, voulez-vous un peu d'eau fraîche ou un café, offrit Ribes.

— Pouh, ça a ben changé la gendarmerie... Un petit peu d'eau, à cette heure-ci... dit-il d'un air grognon... Non, c'est plutôt l'heure de l'apéro.

— Je suis sûre que cela vous désaltèrera, insista Ribes en lui tendant un verre d'eau.

— Bon, c'est pour vous faire plaisir, alors.

Il but quelques gorgées.

— Avec les petits jeunes, reprit-il, on avait bu de la bière super.

— Vous pouvez nous raconter un peu plus en détail la chronologie de cet après-midi-là ? insista Banyoul.

— Ouais, ouais, j'y viens... J'étais sur la place et puis ils sont arrivés avec une fourgonnette et des motos. Je les voyais parler de loin et puis ils sont allés acheter des cannettes. Alors, je me suis approché pour faire connaissance... La petite mignonne, dit-il en désignant du doigt Christelle sur les photos, elle m'a tout de suite dit bonjour et invité à m'asseoir avec eux. Alors, on a beaucoup parlé, du Comté, et puis de tout et de rien. Ils ont joué de la guitare, on a chanté. On a dû rester là pas mal de temps. Après les policiers de Montparoux sont venus, ben d'ailleurs je crois que ce sont ceux qui m'ont gentiment amené ce matin. Enfin, ce jour-là ils étaient pas très gentils. Ils disaient qu'on faisait du bruit, qu'on dérangeait les bourgeois. Alors on a fini par partir. Mais je me suis bien amusé... Vous leur répéterez pas, aux policiers, hein ?

C'est vrai que j'avais bien bu, alors j'ai fait semblant de pas bien pouvoir me lever et marcher. Alors, ils ont été obligés de me soutenir, de me tirer, de me pousser, pour me faire monter dans la fourgonnette des petites. Il y en a même un, en me tirant, qui s'est cassé la figure à l'intérieur, on a tous vachement rigolé... C'est pas très charitable, parce qu'il avait dû se faire mal, il saignait de la main, mais bon... Ils avaient voulu nous faire déguerpir, alors tant pis !

— Et après ?

— On a trouvé un autre coin, dans la garrigue, où on a fini la soirée. Je me suis bien amusé. Ils étaient tous très gentils.

— Justement, quels étaient leurs comportements, leurs attitudes entre eux ?

— Ben, je sais pas quoi vous dire. Ils étaient gentils quoi.

— Non, mais par exemple, y a-t-il eu une dispute, ou encore est-ce qu'il y avait un flirt entre tel garçon et telle fille... ce genre de choses.

— Non, pas de dispute, ou alors juste des chamailleries pour rire. Sinon, les garçons, on sentait bien qu'ils en pinçaient pour la petite mignonne. Elle est si jolie. Et puis avec sa belle chaîne à la cheville, on aurait dit une princesse.

— Alors les trois garçons en pinçaient pour elle, comme vous dites et... vous aussi ? questionna Ribes en accompagnant la chute de sa question d'un petit sourire mutin.

— Oh ! Moi, vous savez, c'est plus de mon âge tout ça. Mais c'est vrai que je préférais la petite. L'autre, je me souviens pas des prénoms, celle avec sa mèche rouge, elle me donnait l'impression d'être dure, comme de la pierre. Mais je crois qu'elle était avec celui-là, précisa-t-il en indiquant la photographie de Bruno Martin.

— La nuit, il ne s'est rien passé ? demanda Banyoul.

— Alors, là, moi, j'ai bien dormi. Paraît même que j'ai beaucoup ronflé, qu'ils m'ont dit.

— Et le lendemain ?

— Je suis reparti de mon côté. Et y a la petite, en cachette, qui m'a donné un gros billet.
— Ah oui ! Combien ?
— Deux cents francs.
— Vous l'avez encore ce billet ?
— Ben non. Faut bien vivre, Monsieur le gendarme.

En résumé, hormis l'intérêt d'un autre point de vue sur les événements du jeudi, la déposition de Mimille n'offrit pas de piste nouvelle pour les enquêteurs. Même s'il fut nécessaire de lui expliquer longtemps les raisons pour lesquelles on souhaitait procéder sur lui à un prélèvement de salive. Le pauvre homme croyait au départ que c'était pour l'alcoolisme. Il accepta en fin de compte de s'y soumettre.

Du côté des vérifications concernant les automobilistes empruntant habituellement la départementale 582, le fastidieux travail de développement des photos, d'identification des véhicules et de prise de contact avec les propriétaires était franchement improductif. Parmi les premières dizaines de personnes interrogées, personne ne se souvenait d'un détail particulier ayant pu frapper l'attention dans la nuit du vendredi au samedi. Pourtant, les fichiers informatiques révélèrent une coïncidence, probablement totalement fortuite pour l'enquête, mais qui attira la curiosité de la brigade.

Deux soirs de suite, le lundi et le mardi, une Renault blanche avait été photographiée, roulant sur la départementale, vers Montparoux, avec à son bord un homme seul. Le véhicule appartenait à un nommé Jacques Frontan, trente-deux ans, demeurant à Montparoux. Surtout, le fichier Judex révélait que cet homme avait été arrêté à deux reprises durant les cinq dernières années pour des agressions sexuelles sur des jeunes femmes. La base de données précisait les modes opératoires de chaque affaire.

Dans le premier cas, il avait fait monter à bord de sa voiture une auto-stoppeuse. Puis durant le trajet, l'avait caressée sur les cuisses et les seins. Comme sa victime résistait et demandait à descendre, il s'était finalement arrêté, mais avait alors exhibé un couteau. La jeune femme était sortie précipitamment et s'était enfuie en courant.

Dans la deuxième affaire, trois ans plus tard, alors qu'il séjournait dans un camping, il s'était introduit, de nuit, dans une tente occupée par deux vacancières. Il avait commencé des attouchements sexuels sur l'une d'elle, profitant de son sommeil. La jeune femme s'étant réveillée, il avait été mis en fuite par ses cris.

Les formules laconiques du fichier ne permettant pas d'avoir une idée précise des faits, le commandant de brigade, l'adjudant-chef Banyoul, avait demandé la transmission des procédures archivées par télécopie, ainsi que les suites données par la justice.

L'affaire de l'auto-stoppeuse avait été classée sans suite par le parquet de Marseille. Au vu de la procédure, rien n'avait pu renforcer la déclaration de la victime et Frontan avait toujours déclaré n'avoir eu aucun geste déplacé vis-à-vis de sa passagère qui, d'après lui, non contente d'être emmenée en voiture, lui avait demandé de lui prêter de l'argent, ce qu'il avait refusé. Le parquet, en l'absence d'élément probant n'avait pas poursuivi devant le tribunal correctionnel.

L'affaire du camping avait par contre abouti à une condamnation à une peine de six mois de prison, intégralement assortie d'un sursis, l'agresseur ayant malencontreusement croisé dans sa fuite un groupe de jeunes gens, rentrant de discothèque et rejoignant leurs caravanes. Ceux-ci, entendant les cris des jeunes femmes, avaient intercepté le fuyard. Frontan avait à nouveau nié les faits. Selon sa version il déambulait dans le camping pour venir à bout d'une crise d'insomnie quand, alerté par les cris, il s'était précipité vers leur origine, avait distingué, au loin, l'ombre d'une personne s'enfuyant en courant et s'était lancé à sa poursuite, tombant alors sur le groupe des jeunes noctambules. Aucune preuve matérielle ne venait appuyer le dossier, la victime et son amie étant même incapables de reconnaître leur agresseur, ne l'ayant qu'entraperçu dans l'obscurité de la tente. Dans les deux cas, les faits s'étaient déroulés en été, dans les Bouches-du-Rhône où il demeurait alors.

Il y avait certes des rapprochements possibles, quoique fort minces, avec le meurtre de Christelle Fouvier. L'adjudant-chef Banyoul savait d'ailleurs, d'expérience, que si l'on recensait les individus connus pour des actes de délinquance sexuelle, même dans son seul canton, le résultat dépasserait probablement la dizaine. Rien ne permettait en outre d'affirmer que le meurtrier avait un lien quelconque avec cette ville.

Mais il n'était pas question non plus, pour Banyoul, d'écarter cette nouvelle piste, au demeurant la seule à s'inscrire dans une hypothèse présente depuis le départ dans l'esprit des enquêteurs : le crime sexuel commis au hasard d'une rencontre entre le meurtrier et sa victime.

Après avoir rendu compte de cette nouvelle ouverture pour l'enquête au lieutenant Hatlant, l'adjudant-chef Banyoul mit au point, avec le concours de la police municipale, un petit scénario pour prendre contact avec ce suspect, sans éveiller outre mesure son attention.

Jacques Frontan ne figurait pas dans le fichier de la brigade de gendarmerie, ce qui impliquait que, depuis son arrivée à Montparoux, il n'avait jamais eu affaire aux gendarmes. Pour la police municipale, il était également inconnu. Renseignements pris, il n'avait emménagé dans un appartement de location, dans la rue Petite Potence, que depuis six mois. D'après le propriétaire, contacté confidentiellement par la brigade et dont les bonnes relations avec les gendarmes permettaient de garantir la discrétion, Frontan avait fourni un justificatif de revenu mentionnant son emploi comme cuisinier au restaurant « La cigale du Comté » de Montparoux. D'après le logeur, il s'agissait d'un locataire tranquille qui, depuis son installation, avait toujours payé régulièrement son mois. Il semblait vivre seul.

Exploitant l'enchaînement des renseignements, la brigade s'adressa ensuite au restaurateur de « La cigale », montparien depuis toujours et familier de l'adjudant-chef Banyoul.

— Bonjour Pierre, excuse-moi de te déranger, mais j'aurais un petit service à te demander pour une de nos enquêtes, peux-tu m'accorder quelques minutes ? demanda Banyoul à son arrivée dans le restaurant, aux alentours de quinze heures.

Les derniers clients réglaient leur addition et seul un serveur s'affairait encore sur la terrasse ombragée.

— Bien sûr, veux-tu prendre un café ?

— Oui, avec plaisir, merci.

Ils s'attablèrent peu après, comme à leur habitude, au comptoir, à proximité du ventilateur. Après quelques mots sur les affaires du restaurant en ce début septembre et sur les derniers ragots ayant cours dans la petite cité, l'adjudant-chef aborda le but de sa visite.

— Nous faisons des vérifications sur quelqu'un qui travaille chez toi depuis quelque temps : Jacques Frontan.

— Qui travaillait... Je lui ai donné son congé depuis deux mois.

— Ah ! Tu l'avais pris à l'essai ?

— Oui, mais en fait, il était plutôt bon aux cuisines. Je ne l'ai pas gardé parce que Sophie en avait peur. Et pourtant, tu connais ma fille, elle n'est pas du genre froussarde, dit-il avec une pointe de fierté. Comme elle devait travailler tout l'été au restaurant en attendant la rentrée de l'université, j'ai préféré mettre fin au contrat de Frontan.

— Qu'est-ce qui lui a fait peur, précisément ? demanda Banyoul.

— Elle m'a dit qu'il lui jetait des regards bizarres et qu'à deux reprises elle l'avait surpris en train de la suivre dans Montparoux. Tu veux que je l'appelle ? Elle est montée faire la sieste.

— Non, ne la réveille pas. Si elle a un peu de temps, qu'elle passe me voir, à l'occasion, à la brigade.

— Tu peux me dire ce que vous lui voulez ? interrogea le restaurateur.

— C'est une vérification de routine pour l'affaire de la jeune fille retrouvée la semaine dernière à Loubignac. Ton cuisinier a été arrêté il y a une paire d'années pour une affaire sexuelle sans gravité. Bien sûr, c'est confidentiel.

— Pas de problème, tu me connais. Ça pourrait être le meurtrier ?

— Non, je ne crois pas, mais je vérifie toutes les pistes. Sais-tu s'il s'est fait embaucher ailleurs ?

— Non. Mais il est toujours ici. Je l'ai croisé un matin.

— Oui, j'ai son adresse. Merci pour le café, à bientôt.

L'adjudant-chef prit congé et passa sur le chemin du retour dans le local de la police municipale pour donner le feu vert au brigadier pour la suite des opérations.

Le brigadier Delcamp, volontaire pour cette mission de reconnaissance, se rendit donc dans l'après-midi au domicile de Jacques Frontan, avec quelques dossiers dans sa sacoche, dont l'un fabriqué de toutes pièces pour la circonstance.

À cette heure-là, la Renault blanche du cuisinier était effectivement en stationnement dans la rue, laissant augurer la présence du suspect à son domicile. Delcamp sonna à plusieurs reprises avant que la porte ne s'entrebâille. L'homme qui lui ouvrit semblait mal réveillé. Ses cheveux noirs, mal coiffés, tombaient sur un front étroit et faisaient ressortir un teint particulièrement pâle en cette saison où la plupart des gens arborent un bronzage obligé. Il était grand, plus d'un mètre quatre-vingt, et quelque peu enrobé. Le brigadier nota que cette physionomie ne lui était pas inconnue. Il avait déjà dû croiser cet homme, en ville probablement.

— Monsieur Frontan ? demanda le brigadier de la police municipale.

— Oui.

— Je ne vous dérange pas ?

— Je faisais un somme. C'est pour quoi ?

— Vous avez été verbalisé pour stationnement gênant, il y a trois semaines, à Montparoux. L'amende n'a pas été réglée. Vis-à-vis des habitants de la commune nous faisons une dernière démarche avant de transmettre le procès-verbal au tribunal.

— Ça ne me dit rien. C'était quand, vous dites ? demanda Frontan, tentant de rassembler ses souvenirs.

— C'était un vendredi, à vingt-deux heures, rue du Vaucluse, en ville.

— Là, cela m'étonnerait bien. Le vendredi à cette heure-là, je travaille.

— Vous en êtes sûr ? Mon collègue a pourtant relevé l'immatriculation de votre voiture, c'est par elle que nous avons trouvé votre adresse.

— Il doit y avoir une erreur. Ce vendredi-là, je travaillais et j'étais à Figuières. Je suis cuisinier au restaurant « La diligence rouge ».

— Mais peut-être vous trompez-vous de jour, insista le brigadier Delcamp, n'avez-vous pas certains vendredis de libre ?

— Oui, une fois toutes les quatre semaines et, voyez-vous, c'était le week-end dernier. Sinon, mes jours de repos sont le mercredi et le jeudi. Je vous le dis, cela ne peut être qu'une erreur.

— Pourtant sur la souche du carnet de timbre amende, il y a bien l'immatriculation de votre Renault Clio rouge et…

— Elle est blanche ! interrompit Frontan sur un ton victorieux

— Oh ? Alors, vous avez peut-être raison, fit Delcamp, feignant la surprise. Je peux la voir ?

— Allez-y, elle est garée dans la rue, sur la droite.

— Bien, veuillez m'excuser, l'immatriculation a probablement été mal relevée. C'est une bonne chose que nous venions voir les personnes verbalisées. Cela évite pas mal de complications. Au revoir Monsieur.

Delcamp repartit, fier d'avoir recueilli cette moisson de renseignements sur le travail et l'emploi du temps de Frontan. Il se représentait la carte de la région et matérialisait parfaitement Loubignac exactement à mi-chemin entre Montparoux et Figuières sur la départementale 582. Ce cuisinier faisait d'après lui un excellent suspect. Il se hâta de donner cette récolte à la brigade de gendarmerie.

* * *

CHAPITRE XII

Breton et Tournaise s'étaient accordés une grasse matinée après leur sortie en discothèque.

Néanmoins, sur le coup de dix heures, l'adjudant n'avait pas résisté à l'appel du petit déjeuner, le repas le plus important de la journée, comme il se plaisait à le répéter à ses collègues de la section de recherches. Descendu dans les salons de l'hôtel où il logeait, il constata, avec un désappointement désabusé, que Tournaise faisait fi de ses conseils avisés. Il n'était pas là et devait encore dormir, laissant passer l'heure du service. La vue d'un buffet encore copieusement garni, aiguisa soudain son appétit. Il pouvait même commander deux œufs au bacon, l'un de ses péchés mignons. Ayant sélectionné en outre quelques fines tranches d'emmental, du pain, du beurre, de la confiture, un yaourt et une banane, il s'assit avec un léger soupir de satisfaction à une table inoccupée.

Le thé infusait et Breton, laissant pour quelques instants encore grandir son appétit, déplia le journal du matin. Une catastrophe naturelle ici, des accidents là, une grève paralysant de nombreux usagers du service public, des tensions entre pays lointains, la poursuite des combats, épurations, exodes à seulement quelques centaines de kilomètres… La routine de l'information… Il leva son regard vers la salle. Il était l'un des derniers clients à profiter du buffet. Non loin, un couple de personnes âgées, en tenue de ville, discutait en allemand. À l'autre extrémité de la pièce, trois jeunes enfants dégustaient sagement une boisson chaude, un chocolat estima Breton, sous le regard bienveillant de leur mère. Par la double porte vitrée donnant sur le hall, il surprit furtivement le regard scrutateur d'un homme qui le dévisageait. Ce dernier détourna presque instantanément la tête. Il était blond, la trentaine, une allure de jeune cadre dynamique, avec un pull à col roulé et une veste bien coupée.

Intrigué, Breton ne le lâcha plus du regard, tout en lissant distraitement ses moustaches. Non, ce visage n'évoquait rien dans ses souvenirs. La discothèque hier ? se demanda-t-il. Peu probable, il était certain de ne pas avoir été suivi... Mais toutes ces supputations s'avérèrent bientôt inutiles : une jeune femme élancée venait de sortir de l'ascenseur et l'homme se levait pour la saluer. Ils partirent ensemble.

Fausse alerte, pensa Breton, en entamant enfin ses œufs...

Il savourait maintenant paisiblement son thé en analysant la situation de ses investigations en Alsace. Du côté de l'histoire et de la personnalité de la victime, l'essentiel était fait. Il était toujours possible d'approfondir cet aspect, par exemple en contactant les anciens professeurs ou camarades de lycée de Christelle Fouvier, mais l'apport à l'enquête serait probablement négligeable.

D'après lui, toute piste familiale était exclue. Par prudence, il assisterait discrètement aux obsèques de la victime, Fouvier ayant décidé de rapatrier le corps en Alsace, pour inhumer Christelle aux côtés de sa mère. La section de recherches de Strasbourg assurerait, à partir d'une camionnette banalisée, un « sous-marin », l'enregistrement vidéo des obsèques.

Avec le répertoire de Muller, il disposait de quelques noms de camarades des trois filles, à l'époque où Christelle avait définitivement quitté sa famille et traînait ici ou là dans les environs de Strasbourg. C'était, pensa-t-il, un travail à réaliser, au moins par sondage. Pour Muller lui-même, une simple réquisition téléphonique devrait suffire à établir qu'il n'entretenait plus le moindre contact avec les filles.

Pour la discothèque « Le Sunlight » et le décès de Cathy à Lyon, il venait de relancer les services de police concernés pour obtenir dans les meilleurs délais copie des dossiers ou au moins un rendez-vous avec un fonctionnaire bien informé. Cependant, on lui avait aimablement laissé entendre que rien ne serait possible avant au moins cet après-midi.

Il reprit donc une tasse de thé.

Les « RG », les renseignements généraux de Strasbourg réagirent les premiers. Breton reçut un appel dès treize heures.

— Bonjour, Monsieur Breton, c'est bien cela ? demanda l'officier de police après s'être présenté.

— Oui, c'est moi, merci de me rappeler.

— De rien, j'ai juste une petite question, avant tout. Ce ne serait pas vous et un de vos collègues qui êtes passé au « Sunlight », cette nuit, pour poser des questions aux employés ?

— Oui, cela se pourrait bien, répondit l'adjudant, étonné. Pourquoi ?

— Juste pour savoir, parce que votre visite les a fait gamberger. Depuis ce matin, Alex, le gérant, essaye de nous tirer les vers du nez pour savoir si ce sont des flics qui sont venus dans sa boîte.

— Intéressant comme démarche…

— On a l'habitude, fit l'officier. Bien sûr on a fait le rapprochement avec vos appels. Le mieux serait de passer nous voir, on détient un volumineux dossier sur le Sunlight et son propriétaire.

— J'arrive, merci !

La rencontre entre Breton et le lieutenant de police permit un échange informel de renseignements. D'après les renseignements généraux, un dénommé Boris Volaud était propriétaire, par hommes de pailles interposés, du Sunlight ainsi que de deux autres boîtes de nuit et deux restaurants en Alsace. Déjà tombé douze ans auparavant pour une grosse affaire de trafic de drogue, il s'était rapidement refait une santé depuis sa sortie de centre de détention. Il avait des liens solides avec le milieu et on le disait en relation avec des trafiquants turcs et russes. Ses affaires étaient gérées par des hommes de main. Le Sunlight, par exemple était dirigé par Alexandre Schroed, un type sans antécédent judiciaire, mais très lié à Volaud. Sur photographie, Breton reconnut le personnage qui les avait pris à parti, la veille, à la discothèque. En dessous, dans la hiérarchie supposée de cette organisation, il y avait quelques gros bras, officiellement recrutés comme videurs pour les boîtes de nuit et des passeurs, avec ou sans relation avec la façade commerciale mise en place par Volaud.

Mais, bien sûr, le dossier des RG ne contenait pas de preuves matérielles tangibles qui auraient permis de « tomber » cette petite organisation. En outre, l'équipe de Volaud ne s'était guère fait remarquer pour des infractions plus communes. Par exemple, pas de violences volontaires avec armes, sauf parfois à l'entrée ou à la sortie des discothèques, mais sans connotation de règlement de compte… Rien de réellement solide en conclusion.

En étudiant en détail les relations connues de Volaud, depuis l'époque où il avait été impliqué dans un trafic, puis durant sa détention et depuis sa reprise d'activité, Breton opéra quelques rapprochements avec le dossier Fouvier. Entre autres fréquentations dans les milieux des stups, Volaud connaissait pas mal de monde dans la région lyonnaise et autour d'Avignon.

Les pièces principales de la procédure établie lors de la constatation du décès de Catherine Bloch arrivèrent par télécopie plus tard dans l'après-midi. L'affaire n'avait fait l'objet que d'un traitement succinct. Le cadre juridique de l'enquête dite de « découverte de cadavre » autorisait au demeurant peu de développements.

D'après le procès-verbal de constatations, le corps de la victime avait été découvert dans un immeuble désaffecté dans la périphérie lyonnaise. Cet immeuble était régulièrement squatté par des marginaux de toutes sortes et servait également de lieu de rendez-vous et de deal pour les toxicomanes du quartier. Le commissariat avait été prévenu de la présence du corps par un appel anonyme passé depuis une cabine téléphonique située à moins de cinq cents mètres du bâtiment laissé à l'abandon.

Les policiers avaient fait une descente. Le cadavre de la jeune femme gisait à l'endroit indiqué par l'appelant. Quelques marginaux et toxicomanes avaient été embarqués dans le même mouvement, mais semblaient hors de cause.

L'examen du cadavre n'avait révélé aucun indice suspect pouvant évoquer un acte criminel. La victime était habillée, ne paraissait pas avoir été fouillée et avait d'ailleurs sur elle quelques valeurs, en particulier des bijoux, certes peu luxueux, et son portefeuille avec ses pièces d'identité et deux cents francs en espèces. Elle avait un petit sac de voyage contenant diverses affaires personnelles. Rien n'indiquait cependant son parcours récent ni ses fréquentations : pas de répertoire, ni d'agenda, pas de téléphone mobile, pas de billet de train ou de notes d'hôtels.

À ses côtés, les gens de l'identité judiciaire avaient noté la présence de tout l'attirail du parfait toxicomane, garrot, petite cuillère, bougie, seringue, petit bout de papier déplié ayant renfermé la dose supposée fatale…

Pour la médecine légale, le cadavre ne présentait aucune blessure, les seules lésions externes étant quelques ecchymoses que rien ne reliaient au décès. La mort remontait à trente-six ou quarante-huit heures. L'analyse toxicologique confirmait finalement l'overdose. L'héroïne que Catherine Bloch s'était injectée avait un indice de pureté bien supérieur aux produits « du marché ». Seul détail troublant, les bras de la jeune femme ne portaient pas les stigmates classiques des héroïnomanes d'habitude. Seules quelques rares traces de piqûres étaient visibles. De nombreuses explications cependant étaient plausibles. La victime pouvait fort bien être passée, récemment, du sniff au shoot, par exemple.

Quelques investigations de principe furent réalisées, à l'époque, dans le voisinage, sans résultat aucun. L'enquête s'arrêta là.

Évidemment, pour Breton et Hatlant qui se tenaient informés régulièrement des avancées du dossier, la mort de Catherine Bloch prenait aujourd'hui une autre dimension. Une habile mise en scène avait pu dissimuler un meurtre. Il y avait un mobile. Il y avait des suspects potentiels dans le milieu des stups. Il faudra communiquer nos éléments au parquet de Lyon, songea Breton, il y a matière à rouvrir cette enquête.

Le chef Tournaise avait, de son côté, remonté la piste de l'un des patronymes relevés sur le répertoire de Muller parmi ses fréquentations de l'époque. Jean-Philippe Wolf était toujours à Strasbourg, mais à une autre adresse et à un autre numéro. Fort heureusement, ce jeune homme figurait tout simplement sur l'annuaire. Tournaise décrocha un rendez-vous pour la fin d'après-midi.

Wolf était vendeur dans un magasin d'articles de sport. Il vivait généralement en célibataire, dans un deux-pièces meublé dans un style très dépouillé. Cheveux blonds mi-longs, yeux bleus, teint hâlé, grand et plutôt large d'épaules, il était indéniablement séduisant, remarqua aussitôt le gendarme en songeant aux relations qu'il avait pu entretenir avec Cathy, Laure et Kriss.

Puisqu'il s'agissait d'un témoin périphérique, Tournaise lui expliqua tout d'abord l'objet de sa visite et l'informa des circonstances du décès de Christelle Fouvier.

— Elle a été assassinée ! s'exclama Wolf, stupéfait.

— Oui, comme je vous l'ai indiqué, son corps a été découvert samedi dernier.

— Une fille si sympa ! C'est incroyable !

— Hélas, c'est la triste vérité, répondit un peu machinalement Tournaise qui avait l'habitude de ces formules toutes prêtes pour les proches des victimes.

— Qui a pu faire ça ? interrogea Wolf, plus pour lui-même que pour l'enquêteur.

— Nous l'ignorons. C'est pour tenter de mieux cerner la personnalité et les relations de Christelle Fouvier que je viens justement vous voir.

— J'ai peur de ne pouvoir vous renseigner.

— Vous souvenez-vous des circonstances dans lesquelles vous avez fait sa connaissance ?

— Pas très précisément. À cette période j'étais sans boulot, je galérais un peu. Parmi mes potes de lycée j'avais gardé de bonnes relations avec Paul Muller. Nous étions souvent ensemble et je crois que c'est lui qui m'a présenté Christelle et ses deux copines. Il y avait Cathy, Laure et Christelle. Mais je ne sais plus où et quand exactement je les ai vues pour la première fois.

— Quelles ont été vos relations avec ces jeunes femmes ?

— Christelle faisait plutôt jeune fille. Elle était la plus timide, mais aussi la plus jolie et la plus douce. J'en reviens pas qu'on ait pu la tuer… Wolf resta silencieux un instant. Oui, elles étaient toutes les trois très sympa. Cathy était la seule, je crois, à avoir un boulot à peu près régulier. Elle faisait un peu le chef de bande auprès des deux autres. Vraiment, elles étaient sympas, on a fait des super fêtes avec elles et l'équipe de copains et copines de cette année-là.

— Elles n'avaient pas de souci particulier.

— Non. Enfin, pour Laure et Christelle, c'était toujours un peu difficile. Elles n'avaient pas de job, pas de logement. Heureusement, Cathy les aidait beaucoup, et nous tous on les dépannait à l'occasion.

— Elles s'entendaient donc très bien.

— Oui, dans l'ensemble elles étaient assez du genre inséparable. Mais Laure était toujours un peu sèche, un peu dure. Elle s'engueulait parfois avec Cathy. Je crois que Laure supportait mal d'être dépendante de Cathy. Au fait, elles étaient toujours ensemble au moment où ça s'est passé ?

— Non, Christelle était seulement avec Laure. Cathy avait quitté leur petit groupe depuis pas mal de temps déjà, répondit Tournaise, ne souhaitant pas mentionner la mort de Catherine Bloch.

— Oui, vous voyez, ça ne m'étonne pas trop. Lorsqu'elles ont disparu d'un coup de Strasbourg, j'ai tout de même pensé que Cathy et Laure n'allaient pas pouvoir rester ensemble très longtemps.

— Vous souvenez-vous des raisons de ce départ ?

— Non. Je crois qu'il y avait eu une embrouille concernant Cathy. Elle voulait se casser vite fait. On disait qu'elle avait empoché un gros pactole dans une affaire louche.

— Les avez-vous revues depuis, ou eu d'une quelconque façon de leurs nouvelles ?

— Non, depuis leur départ, silence total.

— Pour en revenir à vos relations avec elles ? redemanda Tournaise.

— Ah oui ! Je crois qu'à l'époque j'étais un peu trop dragueur. Je suis d'abord sorti avec Cathy. Cela n'a duré qu'un mois ou deux. Après je tournais autour de Christelle, mais c'était plus difficile, tant elle était réservée. En plus, Laure venait chaque fois me casser mes plans. Je crois qu'elle était jalouse. Finalement après quelques semaines de ce petit jeu, elle m'a carrément sauté dessus. Franchement, avec son sale caractère, ce n'était pas une fille qui me plaisait vraiment. Mais elle était bien foutue… Je me suis laissé faire. Là aussi ça n'a duré que peu de temps. Finalement, je n'ai plus essayé de sortir avec Christelle. Laure, je crois, aurait été vraiment mauvaise.

— C'est-à-dire ?

— Je ne sais pas vraiment. Elle devait être très jalouse. J'ai pensé qu'elle pouvait même en venir à me planter un couteau. Vous voyez, le genre tigresse.

— Je vois. Mais hormis cette image, que pensez-vous de Cathy et de Laure ?

— Pour Laure, honnêtement, elle me semblait un peu dingue. J'avais parfois l'impression de m'adresser à un mur. Elle se défendait ou attaquait en permanence. Toujours sous pression. On était quand même subjugué par son énergie. Cathy, c'était autre chose. Plus calme, plus réfléchie aussi. Elle gérait tout à la fois, son boulot et aussi, je crois, un ou deux trafics, ses deux copines et son petit ami du moment. Tout ça avec un sourire craquant.

— En ce qui concerne Muller, avez-vous gardé des relations ?

— Non, plus trop, je le croise de temps en temps, sans plus…

— Et que savez-vous de ses relations avec les trois filles ?

— Pour lui, je crois que c'était juste de l'amitié. Il était vachement timide au fond. Vous voyez, en fait, je ne sais pas trop, il était peut-être amoureux et il le cachait, qui sait ?

Tournaise continua un bon moment cette conversation avec Wolf. Il recoupa ainsi la plupart des renseignements fournis par Muller et ceux contenus dans l'audition de Laure Pagès. Il découvrait aussi dans les propos de ce témoin une vision nouvelle des rapports entre les trois amies, non dénuée d'intérêt.

* * *

CHAPITRE XIII

Vers seize heures, ce même mercredi, Laure avait repris son camping-car et quitté la caserne de la rue Sainte Geneviève. Elle avait indiqué à Achille son lieu de destination : Le Grau-du-Roi. Il pouvait l'appeler, si besoin, sur son téléphone mobile.

Achille la laissait partir avec un vague regret au fond de l'âme. Avait-il posé toutes les questions pertinentes, n'oubliait-il rien ? Non, décidément, ce n'étaient pas de telles interrogations qui motivaient cette légère brume de tristesse flottant autour de ses pensées. Il aurait souhaité la comprendre mieux, la connaître plus…

Rien à faire. Rien à faire pour la retenir. Rien à faire non plus pour l'enquête, ou si peu. Tous les examens techniques étaient réalisés. Les principaux témoins étaient entendus. Des pistes restaient en suspens, mais où trouver d'autres indices, et surtout quelques preuves. Demain, la plupart des résultats des expertises et du travail minutieux de l'équipe des techniciens devraient être connus, c'était l'espoir principal d'Achille.

Pour l'heure, il pouvait consacrer une heure ou deux à la rédaction du procès-verbal de synthèse. Tout en pianotant, mais sans la dextérité d'un véritable dactylographe, sur le clavier de son ordinateur, la façon dont il orthographiait le surnom de Christelle Fouvier retint son attention. Il tapait « Kriss ». Pourquoi pas « Chriss » ou « Chris » tout simplement, se demanda-t-il ? Un rapide coup d'œil sur d'autres pièces, les auditions d'Angelo et de Bruno Martin en particulier, lui confirma que les enquêteurs avaient eux-mêmes écrit « Kriss », et qu'aucun des témoins n'avait cru utile de rectifier la mention. D'ailleurs, en consultant les quelques documents manuscrits saisis dans le camping-car et mentionnant Christelle, le surnom de « Kriss » revenait également. Étrange coïncidence songea-t-il.

Kriss ou criss était le nom donné à un type de poignard malais à la lame sinueuse. Il était aisé de l'imaginer comme une arme sacrificielle, liée aux mystères exotiques de contrées lointaines. Et la pauvre Christelle, tuée justement de nombreux coups de couteau. Voilà bien de quoi alimenter ces nouvelles formes de fictions policières flirtant avec l'étrange et le surnaturel. Un détective au génie intuitif allait élaborer une hypothèse à mi-chemin de la science-fiction et du fantastique et découvrir la piste de l'assassin, homme de l'ombre lié à quelque secte sanguinaire... Que d'imagination, vraiment...

Émergeant finalement de ses rêveries, Achille termina son travail de rédaction puis, ayant la synthèse de l'enquête agencée clairement dans son esprit, en livra l'essentiel, par téléphone au juge Forti et au capitaine Fresnes.

Le juge d'instruction n'avait guère eu le loisir, depuis le début de la semaine, de se pencher sur le dossier Fouvier/X. Assurant la permanence de l'instruction, son emploi du temps était sans cesse bouleversé par les multiples ouvertures d'information accompagnées de débats contradictoires et de placements en détention provisoire. Le tribunal de grande instance de Nîmes supportait une importante activité pénale, dépassant régulièrement la capacité de traitement des quatre cabinets d'instruction. Forti prit tout de même le temps d'écouter avec intérêt le récit d'Achille.

Fresnes, de son côté avançait à grand pas, avec son équipe, sur l'enquête financière dont il avait la charge. C'est d'une humeur joyeuse qu'il écouta le compte rendu d'Hatlant.

— L'assassin n'est pas encore sous les verrous ? conclut-il avec malice.

— Hélas, mon capitaine, pour l'instant j'ai plutôt l'impression de tourner en rond.

— Pas d'affolement ! Tu n'as pas encore les résultats de la police technique. Avec tous les examens que tu as demandés, ce serait bien le diable si rien ne « parlait ».

— Espérons-le.

— Au fait, reprit le capitaine sur un ton des plus sérieux, comment se comporte ton témoin principal, la prénommée Laure ?

— Elle ne peut s'empêcher de jouer au chat et à la souris, mais elle me semble toujours fondamentalement honnête et sincère, pourquoi ?

— Et elle serait plutôt chat ? continua-t-il sans répondre.

— Oui, je le crois bien. Mais pourquoi ?

— Juste comme ça. Tu sais, les capitaines, ce sont des gens très étranges… Ah ! Autre sujet. Le patron m'a appelé de son lieu de villégiature, le veinard. Il m'a demandé où on en était pour la semaine prochaine, à sa reprise. As-tu un peu suivi le travail des autres groupes de la SR ?

— Non, pas vraiment, répondit Hatlant, mais j'ai un peu de temps maintenant, je vais faire le tour des bureaux.

— Parfait, tu diras aux chefs de groupe de m'appeler.

— Sans problème, mon capitaine.

— Bon courage ! Salut !

Hatlant réalisait s'être trop concentré sur l'affaire Fouvier. Il aurait dû, en l'absence du patron et de Fresnes, jeter un œil sur l'activité des autres groupes. Petit à petit les réflexes professionnels de ce premier poste finiraient par lui être naturels, pensa-t-il. Il fit donc aussitôt, avant la réunion programmée avec les enquêteurs pour dix-neuf heures, un rapide tour d'horizon avec les sous-officiers présents dans les locaux. Rien d'extraordinaire. Si cela avait été le cas d'ailleurs, Achille ne doutait pas qu'il en aurait été aussitôt averti. Pourtant, le groupe chargé des affaires de stupéfiants travaillait un agent de renseignement susceptible de balancer une grosse livraison pour la semaine suivante. Mais tout était encore très flou.

La réunion des enquêteurs offrit à chacun l'occasion de s'exprimer et de prendre connaissance de l'état d'avancement des pistes exploitées par d'autres équipes. Aucune illumination ou révélation subite ne vint pourtant éclairer le meurtre de Christelle Fouvier. Fitou et Vaillant, épaulés par la BRD d'Avignon et la BR de Salèze, étaient restés en Avignon pour suivre les écoutes et localiser Darky et son compère. Si tout se déroulait bien, ils seraient interrogés cette nuit ou demain. Dans le même temps, la brigade de Montparoux procéderait à l'audition de Frontan et vérifierait son emploi du temps.

Vingt heures trente déjà. La journée avait été particulièrement bien remplie. Achille sentait la fatigue et la lassitude s'agripper à lui et déchiqueter ses forces. Pourtant, il n'avait aucune envie de rentrer. Il partit vers le centre-ville nîmois. Garant sa voiture sur l'esplanade faisant face à la gare, sous les platanes, il commença une lente promenade en remontant vers les arènes. La vue d'une affiche signalant la prochaine sortie d'une superproduction américaine, était-il d'ailleurs nécessaire d'en préciser la nationalité, songea-t-il, lui rappela le projet d'une sortie entre amis à destination d'une salle obscure. Arguant d'une surcharge de travail, il se décommanda d'un coup de fil, promettant de remettre ce projet à très bientôt.

Ses amis montpelliérains, ayant eu vent de l'affaire de meurtre mobilisant Achille par les informations radiophoniques et *Midi libre*, ne manquèrent pas de demander de multiples précisions. Achille éluda la plupart de ces questions, donnant l'assurance d'un récit plus détaillé lors de leur prochaine rencontre.

Mais, déjà, l'évocation du *Midi libre* venait de ramener le visage radieux de Frédérique Richard à la surface de sa mémoire. Il l'appela, comme promis, même s'il n'avait guère d'informations à lui communiquer. Aucun des derniers progrès de l'enquête n'était du domaine public. Poursuivant son jeu habile de questions et de demandes de confirmation, elle ne s'offusqua pas du laconisme des propos de son interlocuteur.

Puisque je suis pendu au téléphone, pensa-t-il, il me faut aussi prévenir Julie...

— Bonsoir !

— Salut, petit frère !

— Pas trop tard, je ne te réveille pas ?

— Si, trop tard en tout cas pour que tu te poses la question. Si je dormais, c'est fini... Mais non, je suis en train de m'énerver sur une pile de copies.

— Toujours de mauvais élèves ?

— Pas mauvais, non, mais nul ne leur a jamais vraiment appris l'orthographe et la grammaire, n'allons pas chercher le style, mais parlons d'autre chose, s'il te plaît. Ton enquête avance-t-elle ? J'en entends parler ici et là, à la radio...

— Pour l'instant je donne ma langue au chat... répondit Achille, non sans sourire intérieurement en se remémorant les paroles de Fresnes concernant un certain chat.

— Tu vas réussir ! Après tout, n'es-tu pas mon petit frère ? dit-elle en riant. D'ailleurs, j'ai dû l'avouer aujourd'hui...

— Que veux-tu dire ?

— Des élèves qui avaient dû entendre ton nom à la radio, ou le lire dans les journaux - mais cela m'étonnerait fort qu'ils lisent quoi que ce soit – m'ont demandé, vu que nous portons le même patronyme, si je te connaissais…

— Et tu leur as avoué que j'étais ton frère ?

— Oui, mon petit frère, répondit-elle en insistant sur l'adjectif. Mais, je ne m'en suis pas remise, car ils m'ont regardé ensuite comme si j'étais entourée d'une aura magique… Non, ils n'ont vraiment aucun recul, aucun esprit critique…

— J'en suis contrit, crois-le bien, répondit Achille sur un ton volontairement narquois.

— Ne te moque pas de moi ! Au fait quand se voit-on ?

— Justement, je t'appelais pour décaler nos projets, pas avant le week-end si tu veux bien.

— C'est entendu, tu me rappelles ! Bonne chance, petit frère.

— Bon travail, Julie, et bonne nuit.

Finalement, ayant raccroché, Achille, portant maintenant ses pas jusqu'aux ruelles du cœur de ville, avait toujours la tête occupée par l'enquête. Pas moyen de s'en évader. Il acheta un hot-dog, pour calmer au moins, à défaut de ses méninges, son estomac.

Sur le chemin du retour, la sonnerie du téléphone ne l'étonna même pas. Encore quelque compte rendu de Breton en Alsace ou de Fitou en Avignon. Non. Une voix féminine. Laure !

— Hello !

— Bonsoir Laure, es-tu bien installée ? demanda Achille.

— Ouais. C'est pas trop mal. Je me suis posée sur un parking, en bord de mer.

— Ça va ? Ce n'est pas trop dur ? Tu vas pouvoir dormir ?

— Ouais, ça va, dit-elle d'une voix morne et triste contredisant totalement cette affirmation.

— Puis-je faire quelque chose ? Pourquoi m'appelles-tu ?

— Comme ça... Oui et aussi pour te dire de pas faire chier Angelo, comme un sale flic que tu es. J'ai parlé avec eux. Ils m'ont raconté la fouille chez eux, les interrogatoires, l'examen par un toubib... Beau travail de flic... Enfin ils ont dit que malgré tout vous étiez plutôt cool... Alors ça va.

— C'est le job. Rien que le job mais tout le job.

— Et bien, c'est un job de merde !

— Il y a un problème avec Angelo ? demanda Achille, sans s'engager dans une controverse stérile.

— J'ai l'impression qu'il accuse mal le coup. J'ai un peu peur qu'il ne fasse une connerie. Avec Bruno, ils voulaient retrouver les types du Blue Lagoon pour avoir une explication.

— Cela ne me paraît vraiment pas une bonne idée.

— Fais quelque chose ! Après tout, c'est aussi dans ton boulot, non ?

— Je m'en occupe.

— Alors, Bye !

— Bonsoir.

— Attends ! s'exclama-t-elle pour reprendre la conversation. Elle garda le silence durant une poignée de secondes. Tu sais, je suis vraiment sur les nerfs, finit-elle par dire.

— Je comprends.

— Au revoir.

— Bonne nuit, termina Achille.

Hatlant appela aussitôt Fitou.

— Bonsoir mon lieutenant. J'étais sur le point de vous téléphoner. On a eu un petit problème.

— Une bagarre entre Bruno et Angelo d'une part et Darky de l'autre, non ?

— Tout à fait, répondit Fitou avec un accent d'étonnement.

— Rien de grave, j'espère, poursuivit Hatlant.

— Non. Le commissariat a embarqué les quatre, Darky était avec son acolyte. Ils s'étaient empoignés à la terrasse d'un café d'Avignon, mais hélas pas au Techno-Bar où nous les attendions. Il n'y a que des blessures superficielles, mais ils avaient sorti des couteaux. Le mobilier du bistrot a également été endommagé. Bref, la police a embarqué tout le monde. Comme ils savaient que nous étions sur Forte et Martin, ils nous ont avertis. Ils sont tous en garde à vue. L'officier de permanence, s'il n'y a pas de présentation au parquet, est d'accord pour nous les repasser à la fin de sa procédure.

— Par sécurité, veillez bien à ce que tous les couteaux soient saisis dans les meilleures conditions, ils peuvent nous intéresser aussi.

— Oui, mais bon, lors de l'intervention, je suis persuadé qu'ils ont été récupérés sans précaution particulière. Pour eux c'était une intervention de police banale.

— Et pour les identités de Darky et compagnie ?

— Darky s'appelle Philippe Noireaud. Il est d'Avignon et gravite dans le milieu des boîtes de nuit, travaillant ici et là comme videur. Il est fiché surtout pour des affaires de violences volontaires. Le second, c'est Patrick Nogales, plus jeune, mais même profil.

— Dans leur fouille, y avait-il la photographie dont nous a parlé Angelo, avec les trois filles ?

— Absolument, mon lieutenant.

— Parfait. Vous enchaînerez directement après la procédure de la police. On fait la totale à ces deux-là : perquisition, garde à vue, mise sous écoute. Vous aurez assez de monde sur place ?

— Oui, on va se débrouiller.

— Quoi d'autre sinon, les écoutes ?

— Je pense que vous avez eu le bilan des auditions des caissières du centre commercial avant la réunion de ce soir, donc de ce côté aucun élément. Il n'y en a qu'une qui pense reconnaître Angelo et Christelle. Pour les écoutes, pas de grande surprise. Angelo a appelé au moins Bruno chez lui, pour fixer un rendez-vous ce soir. C'était au Techno-Bar, mais visiblement ils se sont retrouvés auparavant. Il y a aussi Laure Pagès qui a eu une conversation avec Bruno. Elle lui a dit où elle était et a demandé comment s'était passé l'interrogatoire du matin. Rien à signaler. Ah ! Si ! Si vous me permettez, mon lieutenant, elle a un peu parlé de vous, elle a même dit qu'elle vous trouvait « pas trop con pour un flic ».

— Merci du tuyau, dit Hatlant en riant, je serai là-bas demain matin pour les perquisitions. On dit sept heures ?

— Oui, ce sera bon pour la police nationale.

Il coupa la communication et jetant un regard à l'écran du téléphone, constata que la batterie était presque vide. Fabuleux, se dit-il, je crois que je voulais sortir, me promener, pour me changer les idées et qu'ai-je fait hormis téléphoner ? Merveilleuse invention que la téléphonie mobile…

Fin de balade nocturne, se dit Achille en ouvrant la porte de son appartement. Encore un réveil matinal demain. Espérons que Morphée sera au rendez-vous de cette nuit. Décidément, je hais ces cartons, rumina-t-il, en rencontrant du regard les vestiges persistants de son récent emménagement. Au lit !

Il fait si sombre. Non, là-bas, une lumière vacillante. Où suis-je ? Un couloir d'obscurité. J'avance. Mes pas résonnent. Oui, je me rapproche. C'est une flamme, une torche. Pourquoi une torche ? Pourquoi des murs de pierre, humides ?

Quelle heure est-il ? Mince, j'ai pas de montre. Il fait froid. La torche me réchauffe. Soudain un grand souffle glacial. Non ! La flamme s'est éteinte. Je grelotte. La nuit m'enveloppe. Pas de lampe, pas de briquet, pas d'allumette, rien. Si, à nouveau, au loin, une autre lueur. J'entends les battements rapides de mon cœur. Non, il y a autre chose, d'autres sons réguliers répercutés par l'écho. Quelqu'un marche. J'appelle. Plus rien. J'appelle plus fort. Toujours rien. Je me sens lentement envahi par la peur. Aller vers la lumière. J'avance. Plus vite ! Je cours. Voilà, je distingue une torche semblable à la première. Derrière moi, les bruits réguliers reprennent, au même rythme. La flamme éclaire un croisement. Le couloir continue devant. À droite et à gauche, des passages identiques. Toujours ces pierres noirâtres et suintantes. Où aller ? Je ne distingue un point lumineux, au loin, que sur la droite. Ailleurs, les ténèbres paraissent impénétrables. Alors à droite, en petite foulée. Derrière moi, le bruit est plus rapide, il approche. Un coup d'œil en arrière. Personne. Je reprends ma course. Devant, une intersection en té. À droite ou à gauche ? De chaque côté, l'obscurité s'étend. Un vrai labyrinthe ! Derrière à nouveau des pas. Oh ! Le carrefour précédent n'est plus éclairé. Les pas se rapprochent. J'ai peur. Toujours tourner du même côté. À droite encore. Je n'y vois rien. Une présence derrière. Je cours. Ah ! Une fosse, je tombe, je tombe…

Un cauchemar ! s'écria presque Achille en s'éveillant en sursaut. En sueur, il haletait presque et son rythme cardiaque était celui d'un coureur en plein effort.

* * *

CHAPITRE XIV

Jeudi matin, déjà. Une douche froide. Oui, bien froide. Rien de tel pour disperser les brumes et les affres de la nuit. Ah ! Voilà, cela réveille, pensait Achille, la respiration un instant coupée par le jet d'eau à basse température. Vite ! Un café, l'uniforme, la voiture et il partait en direction de la cité des papes.

Sept heures. Il franchit le porche donnant accès à la caserne de gendarmerie du boulevard Raspail. Quelques escaliers aux tons mornes et tristes à gravir en quelques foulées et il débouchait dans les bureaux de la BRD avignonnaise, déjà pleins d'activité.

Le chef Fitou avait pris en compte la garde à vue de Darky, un gradé de la BR de Salèze s'occupait quant à lui de Nogales. Deux gendarmes d'Avignon les assistaient. Les formalités de notification des droits venaient de se terminer.

— Bonjour messieurs, lança Achille à la cantonade.

« Bonjour, mon lieutenant » fut la réponse majoritaire, à la grande satisfaction d'Achille. La formule officielle et par trop rigide des « respects » était donc en recul.

— La nuit n'a pas été trop courte ? demanda Achille, sachant que l'équipe de Fitou n'avait guère pu dormir plus de cinq heures.

— Pas du tout répondit Fitou, nos nouveaux invités ont déjà commencé à faire monter l'adrénaline, c'est bien mieux que la caféine…

Pourtant, Hatlant percevait bien la fatigue du chef. Fitou, n'avait pas dû trouver le sommeil cette nuit. Il semblait légèrement voûté, sa haute taille – il dépassait Hatlant de quelques centimètres, approchant le mètre quatre-vingt-dix – accentuant cette impression. Sa minceur et son teint pâle, même à la sortie de l'été, lui conféraient toujours un air presque maladif. Ce matin, les cernes sous les yeux bruns et les rides marquées n'arrangeaient rien. On lui aurait donné dix ans de plus que ses trente-six ans.

— On commence par quelques croissants? proposa Achille en déposant le sac plein de viennoiseries encore chaudes, achetées en coup de vent à la boulangerie du boulevard.

— Absolument! répondirent-ils avec un ensemble digne des plus belles parades militaires.

Ce n'est qu'après ce nouveau petit déjeuner, agrémenté – c'était, malgré tout, une nécessité – du café du distributeur automatique, que tout le groupe fit mouvement vers l'appartement que partageaient les deux suspects. D'après Fitou, il s'agissait de deux véritables têtes de mules, habitués des interrogatoires. Ils avaient répondu de manière volontairement incohérente aux questions de la police. Ils avaient demandé un avocat bien précis, connu par ailleurs pour s'occuper habituellement des malfrats avignonnais.

Hatlant, pour le trajet, était monté dans la Nevada où Darky avait été installé. L'homme portait bien son surnom, qui n'était probablement pas seulement issu d'une vague traduction de son patronyme. Noireaud avait une peau basanée, tannée par le soleil. Son crâne rasé renforçait la dureté de ses traits. Ses yeux sombres n'exprimaient que du défi. Assez grand et épais, un peu gras même, il donnait indiscutablement une image de brute. Nogales, seulement entr'aperçu, n'avait pas autant suscité l'attention d'Hatlant. Également très brun, étant d'origine méditerranéenne, et arborant ainsi que son comparse une tête rasée, il ne dégageait pas la même impression de violence intérieure.

Leur trois-pièces était très sommairement aménagé, deux matelas, quelques étagères, des tréteaux, mais deux bons fauteuils et un appareillage hi-fi et vidéo de haut de gamme. La décoration murale était constituée d'affiches de groupes hard rock ou techno ou encore de posters de femmes nues. Les gendarmes découvrirent un véritable petit arsenal, caractéristique des habitués de bastons, allant de la collection de couteaux à cran d'arrêt, aux poings américains en passant par des matraques et des bombes lacrymogènes. Plus grave pour eux, un pistolet calibre 7.65, aux numéros de série limés et, bien sûr, sans aucune autorisation de détention d'arme de quatrième catégorie. Parmi les nombreux couteaux, certains pouvaient correspondre à l'arme du crime. Ils furent saisis, ainsi que des vêtements et quelques affaires personnelles destinées à servir de support à une recherche d'ADN. Il était en effet probable que les deux malabars se refuseraient à un prélèvement de salive.

Un bloc-notes sur lequel avait été griffonné : « Sunlight, Alex » suivi d'un numéro de téléphone intéressait également au plus haut point les gendarmes. Avec cette découverte et la photographie trouvée hier en la possession de Darky, le lien avec la discothèque alsacienne devenait évident.

Sur le même bloc, on trouvait aussi, à la page précédente, le numéro de téléphone d'Angelo Forte, sous la mention « Angel ».

Ici et là divers documents, anciens bulletins de salaire, affiches publicitaires, entrées gratuites, établissaient une collaboration régulière de Noireaud et Nogales au fonctionnement d'une discothèque établie au nord d'Avignon, sur la commune du Pontet, le « Double Jo.k.er ». De leur côté, les techniciens en identification criminelle avaient procédé à divers prélèvements de traces suspectes, sur le sol, et sur certains vêtements.

Opération très satisfaisante, jugea Achille, lors du retour à la gendarmerie. Restait à recueillir des explications. Affaire autrement difficile. Arrivés à la BRD, ils croisèrent l'adjudant-chef Rémy et le gendarme Vaillant, venus pour entendre Angelo et Bruno sur l'altercation de la soirée précédente. Il fallut jouer serré, vu l'exiguïté des locaux, pour faire en sorte que les protagonistes de la veille ne s'aperçoivent pas, au risque d'alimenter une nouvelle bagarre.

Hatlant et Fitou attaquèrent, après les premières questions d'usage, les positions de Darky sur les objets trouvés sur lui et à son domicile.

— Très joli échantillon d'armes blanches et contondantes, vous sentez-vous menacés ? questionna Hatlant, souriant et fixant son interlocuteur de ses yeux verts.

— Il est pas né celui qui me menacera, rétorqua Darky... En fait c'est une collection. J'aime bien ces trucs. C'est pas interdit, je crois.

— À condition de les laisser sagement chez vous. Ce n'était pas le cas hier soir, au café, vous étiez armés.

— Ouais, à peine un canif. Les flics me l'ont pris.

— Et le pistolet ?

— Alors là, première fois que je le vois.

— Pourtant il était bien chez vous.

— Ouais, mais planqué derrière une plinthe. C'était peut-être à l'ancien locataire. J'en sais rien, moi.

— Donc, aucune chance de retrouver vos empreintes dessus.

— Aucune, sauf si vous trafiquez les preuves, comme d'habitude.

— Pour la détention de l'arme à feu vous risquez la correctionnelle. Il me semble, en plus, que vous avez un sursis qui traîne…

— Ouais ! Une erreur judiciaire. C'est sûr. En tout cas pas de souci, puisque je n'ai jamais vu le flingue.

— Je crains un avis différent du juge, ironisa Fitou.

— Pas de souci, on verra.

— Si on revenait sur la bagarre. Quel était le problème ? repris Hatlant.

— Je sais pas. Les deux petits mecs sont venus nous chercher. Ils disaient qu'on avait essayé de brancher leurs nanas, ou je sais plus quoi…

— C'était vrai ?

— Aucune idée. Des meufs, j'en embarque trop souvent pour me souvenir de toutes.

— N'était-ce pas justement les filles dont vous aviez une superbe photographie avec vous ?

— Rien à voir. La photo, je l'ai trouvée, je sais plus où. Les filles étaient bien roulées, machinalement j'ai dû la garder.

— C'est étonnant, parce que chez vous, on ne peut pas dire que les photos souvenirs soient nombreuses. Votre décoration est plutôt du style posters, de femmes, je vous l'accorde.

— Je vous l'ai dit, je l'ai gardée machinalement, s'obstina Darky.

— Bien, bien. Et alors, il y en a une des trois que vous ne trouviez pas à votre goût ?

— Ce n'est pas moi qui ai fait la rature sur la photo. Je l'ai trouvée comme ça.

— Et donc vous ne savez pas où la photo a été prise.

— Pas du tout.

— Le Sunlight, cela évoque quoi, pour vous ? demanda Fitou.

— Vous avez trouvé le nom sur mon bloc.

— Mais encore ?

— C'est une discothèque. Je devais appeler pour du travail.

— En Alsace ?

— Ouais, les flics d'ici, ils commencent à me prendre trop la tête. J'avais envie d'essayer une autre espèce, dans un autre bled.

— Oh ! Les relations risquent d'être tellement plus glaciales, là-haut, répondit Fitou avec le sourire. Mais alors, quelle coïncidence, continua-t-il en bluffant – il n'avait pu montrer la photo à Breton, qui ne devait rentrer que dans la journée –, la photographie a été prise justement dans cette boîte.

— J'en reviens pas, répondit Darky d'un ton parfaitement froid.

— Autre chose, sur le même bloc est inscrit le numéro de téléphone d'un dénommé Angel. Vous connaissez ?

— Je crois que c'est quelqu'un qui m'a laissé son numéro de téléphone pour un petit boulot au Double Jo.k.er.

— Tout à fait extraordinaire, figurez-vous que c'est le numéro d'un des types avec lesquels vous vous êtes bagarrés.

— Ah ! J'ai dû confondre. J'avais déjà eu un problème avec ces types. Déjà une affaire de meuf.

— Oui, traditionnellement, après une altercation, on échange quelques civilités et on donne ses coordonnées, coupa Hatlant.

— Ouais ! Désolé, je sais plus pourquoi j'ai son numéro.

— Votre précédent problème, c'était où et quand ?

— Vraiment, je me souviens plus, dans une discothèque il me semble, la semaine dernière certainement.

— Et que s'est-il passé ?

— Rien de spécial, avec mon pote on a commencé à discuter avec deux meufs et ça n'a pas plu à leurs copains.

— N'est-ce pas à cette occasion que vous leur avez montré la fameuse photo avec les trois filles ? questionna Fitou.

— Non, je vois pas pourquoi.

— Peut-être parce que, par le plus grand des hasards, les deux filles étaient justement les mêmes que sur votre photo… poursuivit Hatlant.

— Ah ! Ouais… Maintenant je me rappelle, reprit Darky après quelques instants de silence. Je crois bien que c'est après les avoir rencontrées que j'ai trouvé la photo. L'une d'entre elles ou leurs deux types avaient dû la perdre.

Décidément, pensait Hatlant, pour un gros bras, Darky ne se défend pas trop mal. Fitou poursuivait maintenant sur son emploi du temps.

— Donc, vous travaillez au Double Joker.

— C'est très occasionnel, de petits remplacements, un coup de main à droite à gauche…

— Coup de main ou coup de poing ?

— Vous me faites chier !

— Vrai ? C'est réciproque. Si on parlait maintenant de votre emploi du temps du week-end dernier ?

— Vraiment, j'ai pas de souvenir précis… Oui, peut-être… Le samedi soir j'ai bossé au Double Joker. Donc le dimanche j'ai pas dû bouger de chez moi.

— Le dimanche soir aussi ?

— Ouais.

— Et le vendredi soir ?

— C'est loin… Si, je crois que c'est ce soir-là qu'on avait ramené deux meufs à la maison. On a baisé toute la nuit.

— Qui étaient ces insatiables jeunes filles ?

— Intéressé ?

— Sûrement.

— Pas de chance, on a pas vraiment eu le temps de parler. Je les avais levées dans la rue de la République.

— Quel manque d'à propos, commenta Hatlant sur un ton de profonde désolation, avec elles vous n'avez pas songé à échanger vos numéros de téléphone…

— Pas la peine, autant changer de meuf.

— Peut-être une description ?

— Facile…

Darky poursuivit par une description, un peu trop stéréotypée de deux jeunes femmes plutôt pulpeuses et l'interrogatoire continua quelque temps sur le même ton.

Vers la fin de la matinée, les deux équipes de garde à vue, ayant placé leurs clients respectifs au frais, échangeaient leurs impressions. Nogales, moins retors que Darky, se réfugiait principalement derrière une mémoire particulièrement défaillante. Il ne se souvenait de rien ou presque, ne s'expliquait pas les coïncidences troublantes concernant les indices découverts dans la perquisition… Mais, il avait par contre fourni un emploi du temps approximatif. Le vendredi soir, Nogales disait avoir passé la soirée avec Darky, devant quelques films vidéos, chez eux…

Rémy et Vaillant avaient, de leur côté, terminé les nouvelles auditions d'Angel et de Bruno. Les deux jeunes gens reconnaissaient avoir un peu trop bu durant la soirée, c'était probablement très en dessous de la vérité. À force de discuter, aidés par quelques verres de tequila ils en étaient arrivés à une conclusion limpide : « Cette pourriture de Darky avait exécuté Kriss », au pire c'était quelqu'un de son entourage qui avait fait le coup. Ils sont alors partis à sa recherche et lui sont tombés dessus sans même avoir essayé de discuter, aux cris de : « Crevure, tu l'as tuée ! » et autres expressions tout aussi imagées.

Les déclarations de quelques clients et employés du bar, enregistrées par le commissariat, confirmaient à quelques détails près les circonstances de départ de l'altercation. D'après certains observateurs, les deux hommes ainsi agressés avaient réagi rapidement et aussitôt sorti des couteaux.

Rien de vraiment extraordinaire. Forte et Martin étaient maintenant repartis, après un copieux sermon de l'adjudant-chef Rémy. Ils devaient « se tenir à carreau ».

Hatlant proposa alors de faire monter d'un cran la pression sur Darky et Nogales, en précisant clairement aux deux fortes têtes qu'ils étaient les suspects « numéro un » pour le meurtre d'une jeune fille. C'était un risque beaucoup plus gros pour eux que les petits délits dont ils étaient coutumiers, ils le savaient. Il n'y avait qu'à leur exposer par le menu les éléments à charge : connaissance de la victime, attitude hostile lors de leur première rencontre, photo de la victime, mobile pour un contrat sur les trois filles de la photo, lien avec le Sunlight à Strasbourg, mensonge sur l'emploi du temps…

Mais cette nouvelle tactique, s'avéra sans grand effet. Nogales s'enferma dans un mutisme total, il ne savait plus rien, avait tout oublié. Quant à Darky, s'il avait accusé le coup, il maintenait ses explications douteuses. Pourtant, Achille était persuadé qu'une petite fissure se dessinait dans son esprit. Il suffirait peut-être de laisser agir le temps. Les auditions furent interrompues, mais les gardes à vue continuaient, après tout, avec l'accord du juge, elles pouvaient durer quarante-huit heures. Les murs de béton brut et le silence des chambres de sûreté ne pouvaient que favoriser la réflexion

Pourtant, le temps ne jouait pas seulement contre les suspects. Le secrétariat de la section de recherches venait de lui faire parvenir un message du patron. Le colonel, depuis sa résidence secondaire, avait donné ses ordres pour la semaine prochaine. Ils étaient des plus clairs : si les renseignements du groupe des stupéfiants se précisaient, il donnerait la priorité à une opération antidrogue. Les effectifs de la SR travaillant sur le meurtre de Christelle Fouvier seraient réduits de moitié.

Choix difficile pensait Hatlant, froissé de n'avoir même pas été consulté. Certes, le nombre des enquêteurs ne permettait pas de traiter toutes les affaires. Il fallait donc les sélectionner, mais sur quels critères ? Oui, Christelle était déjà morte, il n'y avait rien de vraiment essentiel à faire pour elle. Au contraire, certains consommateurs de la drogue à intercepter ne risquaient-ils pas leur vie ? Mais une autre cargaison passerait irrémédiablement les mailles trop larges du filet policier… Pour Achille, l'investissement dans l'enquête sur le meurtre de Christelle ne relevait plus seulement de simples considérations opérationnelles et professionnelles. Maintenant il connaissait la victime, ses amis, un lien affectif était tissé… Et puis c'était son enquête, son œuvre en quelque sorte… Comme c'est étrange, se murmura-t-il à lui-même, reprenant soudain de la distance. Voilà exactement les fameux travers de l'enquête dont on nous a dit quelques mots, un jour, dans l'amphithéâtre de l'école des officiers. Serais-je contaminé dès à présent ?

Il se souvenait plus nettement à cet instant des nombreuses heures passées en deuxième année, à Melun, dans le grand amphithéâtre, à suivre les cours de police judiciaire. Oui, cela n'avait pas toujours été palpitant, principalement lorsque le sujet se confondait avec la procédure pénale, matière qu'Achille avait déjà largement assimilée depuis ses études à la faculté de droit. Mais, le professeur de Melun, un lieutenant-colonel, ancien commandant de SR, abordait aussi largement les questions pratiques, les problèmes concrets, les aspects psychologiques… et là, il était passionnant.

Il n'existait pas, pourtant, de solution toute prête pour éviter un engagement personnel excessif, ou pour choisir de poursuivre ou d'abandonner une enquête…

CHAPITRE XV

Loin de ces tiraillements philosophiques, les gendarmes montpariens menaient de leur côté, ce jeudi matin, une perquisition en règle au domicile de Jacques Frontan. L'adjudant-chef Banyoul dirigeait les opérations. Avec lui, dans l'appartement de la rue Petite Potence, des hommes de la BR de Salèze, un TIC de Nîmes et Ribes de Montparoux fouillaient minutieusement les placards, les tiroirs, tous les recoins. Il s'en était fallu de peu que la police municipale ne participe également aux investigations. Le brigadier Delcamp, certainement gonflé à bloc par « l'arrestation » de Mimille et par « l'interrogatoire » de Frontan, avait demandé à être associé. L'adjudant-chef avait dû longuement lui expliquer que sa présence était légalement injustifiable, qu'il le regrettait, qu'il était très sensible à toute sa bonne volonté, qu'il restait évidemment associé à l'enquête, etc., etc.

Le logement de Frontan était modestement meublé. Il n'y avait que le strict nécessaire à une vie solitaire. Un grand salon avait pris la place normalement tenue par la salle à manger. Il n'y avait pas de grande table ici, et dans la cuisine, elle servait visiblement de plan de travail. Pour une fois un appartement propre et soigneusement rangé, avait noté intérieurement Banyoul, qui en avait visité bien d'autres.

Frontan avait semblé totalement surpris de l'irruption des gendarmes et paraissait nerveux, inquiet même. Les enquêteurs avaient d'ailleurs précisé immédiatement le cadre de leurs recherches : une commission rogatoire ouverte sur le meurtre d'une jeune femme aux environs de Montparoux.

Banyoul avait amené Ribes à dessein, estimant que la présence d'une femme avait des chances de déstabiliser un peu plus ce délinquant sexuel récidiviste. Maintenant qu'il regardait Frontan du coin de l'œil, il le voyait avec plaisir se dandiner de manière saccadée. Son agitation fut extrême quand Ribes ouvrit le buffet du salon. Là, à côté du poste de télévision et du magnétoscope, une impressionnante collection de cassettes vidéo pornographiques complétait quelques étagères encombrées de magazines du même genre. Bref une vraie petite succursale de sex-shop. Rien de répréhensible a priori du point de vue de la loi. Bien sûr, il allait falloir examiner un à un tous ces supports d'image pour déceler éventuellement des photographies ou films pédophiles. D'emblée certains titres et leurs couvertures évoquaient l'exploitation de jeunes filles mineures : « Écolières dévergondées », « Jeunes et sauvages », etc. Ils étaient cependant tout à fait minoritaires.

Pour le reste, hormis quelques couteaux aux dimensions adéquates et quelques tâches suspectes, pouvant correspondre à du sang séché dans la cuisine – c'est assez fréquent – et sur quelques habits, la découverte principale revint à Ribes. Elle trouva dans un tiroir plusieurs articles du *Midi libre*, soigneusement découpés, relatant le meurtre de Loubignac. À cet instant, pourtant, Banyoul ne décela aucun trouble nouveau chez Frontan. L'homme se dandinait toujours, conservait sa pâleur naturelle et tout au plus se gratta-t-il la tête à ce moment-là, ébouriffant encore un peu plus, s'il était possible, sa chevelure noire. L'examen minutieux de son véhicule s'avéra sans intérêt majeur, mais l'on y préleva, suivant la procédure habituelle, des cheveux sur les housses des sièges et d'autres traces non identifiées.

Frontan, tel un grand bonhomme timide et abasourdi, se laissa conduire sans rechigner aux bureaux de la brigade. Au cours de ses premiers échanges, informels, avec les gendarmes, il avait clamé sa complète innocence dans cette affaire d'homicide. C'est à nouveau sur ce registre qu'il entama sa déclaration.

— Je suis innocent ! C'est une erreur judiciaire ! s'exclama-t-il à plusieurs reprises.

— Mais nous le savons bien, rétorqua Banyoul ; innocent, comme avec l'auto-stoppeuse ou avec les campeuses… L'adjudant-chef avait fait disparaître de son visage son habituelle jovialité. Ses rides, son regard froid, ses cheveux grisonnants formaient un masque de sagesse et de sévérité.

— Justement, j'étais innocent.

— Mais vous avez été condamné.

— Seulement une fois et c'était une erreur. J'avais voulu arrêter le coupable.

— Et les images pornographiques de petites filles, chez vous, c'est aussi une erreur ? demanda Ribes, avec des nuances de colère dans la voix et les joues empourprées.

— Qu'est-ce que vous voulez dire ? Quelles petites filles ?

— Ne faites pas semblant, rétorqua Ribes, encore plus acerbe. Celles-là ! cria-t-elle presque en montrant les jaquettes des films vidéos pour le moins équivoques.

— Ce ne sont pas des petites filles. Elles sont majeures mais ne font pas leur âge, c'est tout. D'ailleurs ces cassettes, je les avais commandées à l'étranger et elles ne m'ont pas vraiment plu.

— Pourquoi ? Tu les préfères comment les filles ? fit Ribes, sur un ton combatif qui surprenait au vu de sa physionomie plutôt menue.

— Euh… Comme tout le monde… En tout cas pas les petites filles.

— Vous savez que le seul fait de détenir ces cassettes peut constituer un délit de recel, poursuivit l'adjudant-chef Banyoul.

— Non, je ne savais pas. De toute façon, je voulais les jeter.

— Pourquoi avoir attendu ?

— Je les avais d'abord rangées, puis j'ai oublié.

— Fâcheux, mais bon, ce n'est pas notre principal sujet de conversation pour l'heure. Alors, pourriez-vous nous parler de ces articles de journaux ? demanda Banyoul en exhibant les coupures de presse.

— J'ai trouvé cette affaire intéressante, euh... c'est tout.

— Vous vous intéressez souvent à des affaires criminelles ?

— Non, c'est la première fois. D'ailleurs vous n'avez pas trouvé d'autres extraits de magazines, que je sache. Je passe tous les jours devant le lieu du meurtre, ça m'a fait bizarre. C'était de la curiosité, voilà tout.

— Justement, si vous y passez tous les jours, n'avez-vous rien remarqué vendredi dernier ?

— Vendredi dernier... Non, je ne travaillais pas, or je passe là pour me rendre au restaurant où je suis cuisinier, à Figuières.

— Quel a été votre emploi du temps, ce jour-là ?

— Je ne sais plus trop. Je crois que j'ai fait la grasse matinée, puis j'ai déjeuné à la maison et, l'après-midi, je suis parti sur Avignon pour faire des courses. Je suis rentré chez moi en début de soirée, j'ai mangé et je suis resté devant mon poste de télévision.

— Par où êtes-vous passé pour les trajets aller-retour et à quelle heure ?

— Ah ! Je n'y pensais plus. Effectivement j'ai pris la route qui passe par Figuières et Loubignac au retour, j'avais acheté quelques ustensiles pour le restaurant. À l'aller j'étais passé par Rabioude. Pour les horaires, franchement je ne sais plus trop, probablement entre treize et quatorze heures à l'aller et dix-neuf à vingt heures au moment de rentrer... Mais, vous perdez votre temps, je ne suis pour rien dans cette affaire, je suis innocent.

— Nous allons vérifier vos déclarations. Dans quels magasins êtes-vous allé ?

— Euh... À Avignon je me suis juste promené dans les rues. Les courses, je les ai faites au grand centre commercial.

— Au centre commercial du Pontet ? précisa l'adjudant-chef Banyoul, dissimulant avec peine le regain d'intérêt que venait de susciter la réponse de Frontan.

— Oui, c'est ça, confirma ce dernier.

— Et donc, vous y êtes resté jusqu'à dix-neuf ou vingt heures.

— Tout à fait.

— Comment avez-vous réglé ?

— Je paye toujours avec ma carte bleue.

— Qu'avez-vous acheté ?

— Je ne sais plus moi, un peu de tout...

— Je vais vous présenter maintenant des groupes de photographies représentant plusieurs jeunes gens et jeunes filles, vous me direz si vous reconnaissez certains d'entre eux.

L'adjudant-chef exhiba alors les planches dans lesquelles étaient disséminés des portraits de Christelle Fouvier, d'Angelo Forte et de Bruno Martin.

— Alors là, je ne peux pas vous aider. J'ai une très mauvaise mémoire pour les visages. Ça me gêne même dans mon travail, si je viens dans la salle, je ne suis jamais sûr de reconnaître des clients réguliers... Il examina les planches photographiques. Vraiment, reprit-il, je ne sais pas. Si vous m'aidez peut-être, où aurais-je pu rencontrer l'une de ces personnes ?

— Partout, mais plus probablement à Montparoux ou au centre commercial du Pontet.

— J'ai un doute... Maintenant que vous m'en parlez, je crois bien que j'ai croisé dans le magasin quelqu'un que j'avais déjà vu. Mais là, savoir qui c'est sur vos photos, c'est un autre problème.

— Prenez votre temps, essayez de vous souvenir.

— Je réfléchis... Non, je ne vois pas d'image ou de visage. Juste l'impression d'avoir vu quelqu'un à plusieurs reprises... Désolé de ne pouvoir en dire plus.

— Bien, de toute façon, vous avez encore le temps d'y penser. Pour l'instant nous vous gardons à la brigade, le temps d'effectuer quelques vérifications concernant vos déclarations.

— Hé ! Cela ne va pas durer trop longtemps, j'espère. J'ai rien fait.

— Pour l'instant, vous êtes en garde à vue. Il faut espérer que nos investigations vont permettre de vous innocenter, dit tranquillement Banyoul.

— Oh ! De toute façon, chaque fois que des policiers ont enquêté sur moi, ils ont essayé de m'enfoncer, j'ai l'habitude... mais j'en ai marre. Avec cette affaire, je risque de perdre mon travail. Il faut que j'aille travailler ce soir. Et puis qu'allez-vous dire à mon patron, à tous ceux du restaurant ? Qu'est-ce qu'ils vont penser de moi ?

— Ce n'est pas mon problème, répondit sèchement Banyoul. On cherche la vérité et on la trouvera. Alors je vous conseille plutôt d'y réfléchir au lieu de jouer la comédie avec vos jérémiades !

— Vous voyez, vous vous acharnez contre moi.

Banyoul préféra ne pas insister. Il savait bien toutes les conséquences que les enquêtes criminelles pouvaient avoir pour les personnes soupçonnées à un moment ou à un autre et finalement innocentées. En vérité, c'était aussi son problème et après l'enquête, il y avait aussi tout un travail à faire auprès de la population... On n'en était pas là, pensa-t-il.

Il laissa Frontan sous la surveillance de Ribes et passa rapidement deux appels téléphoniques. À l'équipe partie entendre le patron et les employés du restaurant « La diligence rouge » à Figuières, il demanda de faire confirmer en particulier le passage du cuisinier au restaurant le vendredi soir. À l'adjudant Robion, resté à Nîmes pour centraliser les résultats des expertises et exploiter les ordinateurs d'analyse criminelle, il proposa de rechercher l'heure d'utilisation de la carte bancaire de Frontan au centre commercial.

L'adjudant Breton entra presque aussitôt dans le bureau. Banyoul ne put s'empêcher de sourire, en détaillant du regard son costume d'été impeccable et sa cravate. C'était bien le seul enquêteur de la SR qui, en civil, ne portait jamais de tenue décontractée. Breton lui parut cependant exténué. Il lui proposa aussitôt un siège et s'enquit de sa santé.

Mais Breton se déclarait en pleine forme, seulement un peu surmené. Il avait terminé, avec son coéquipier, l'étude des pistes alsaciennes. Bien sûr, il n'avait aucun doute sur l'existence d'un « contrat » concernant les trois filles s'étant envolées avec le magot du Sunlight. Mais, si la mort de Kriss était bien liée à cette affaire, les meurtriers étaient logiquement à rechercher autour de Darky et compagnie. D'ailleurs, Tournaise était resté en Alsace, où il allait être rejoint par un enquêteur de la brigade de recherches de Salèze. Il leur fallait, le cas échéant, procéder aux auditions du gérant du Sunlight et de certains employés, en fonction des déclarations de Darky.

Breton était pourtant assez mécontent. Il était censé partir en vacances en Écosse avec son épouse à partir de samedi. Il n'avait pu négocier avec sa femme un départ différé, et était frustré de ne pouvoir poursuivre l'enquête. Il s'était néanmoins arrêté à Lyon, le temps d'un court entretien avec l'inspecteur, plus exactement le lieutenant de police dans la nouvelle terminologie, ayant pris en compte, à l'époque, la mort de Catherine Bloch. Au vu des nouveaux éléments apportés par les gendarmes, il avait convenu de la possibilité d'un meurtre maquillé. Cette enquête allait donc être relancée mais, sans preuve matérielle, son succès était bien aléatoire.

De retour finalement dans sa circonscription, du ressort de la cour d'appel de Nîmes, Breton avait déjà fait ce matin, pour sa dernière journée de travail, le tour des différentes équipes. En Avignon, il venait de confirmer l'intuition de Fitou. La photographie représentant Cathy, Laure et Kriss, trouvée sur Darky, avait bien été prise à l'intérieur du Sunlight. Breton avait reconnu le bar de la boîte de nuit.

Maintenant, après que Banyoul ait fait de son côté le récit des derniers rebondissements de l'affaire, ils échangeaient leurs impressions.

— Ton client, je ne le sens pas trop. D'après son passé, il n'est pas violent, constata Breton, parlant de Frontan.

— Honnêtement, je suis assez d'accord là-dessus. Mais avoue qu'il y a pas mal de coïncidences pour le moins bizarres. Je passe sur ses antécédents, mais alors le fait qu'il soit passé par le grand magasin du Pontet au moment ou Kriss et Angelo y étaient, qu'il circule sur la route de Loubignac, c'est vraiment fort, répondit l'adjudant-chef.

— Certes, mais justement, il aurait pu mentir, par exemple sur sa présence au centre commercial.

— Il n'est pas bête, il a payé en carte bancaire, donc son passage pouvait être retrouvé.

— Peut-être… dit Breton en parcourant le procès-verbal de perquisition et les premières feuilles de l'audition de Frontan. Tiens, reprit-il, une de ses cassettes vidéo pédophiles porte le même titre que l'une de celles que j'ai saisies chez le père Fouvier : « Jeunes et sauvages ». Tu me montres la jaquette ?

— Attends, deux secondes, fit Banyoul en cherchant dans le carton où avaient été rangés les scellés. Voilà.

— Oui, c'est bien la même. Comme toujours, précisa Breton en ouvrant le boîtier et en tournant la cassette en tous sens, aucune indication permettant d'en identifier l'origine.

— Tu ne crois tout de même pas que Frontan et Fouvier font justement partie d'un même réseau pédophile ? interrogea Banyoul, dubitatif.

— Je ne sais pas. Mais finalement tu as raison, ce pauvre Frontan est victime de curieuses coïncidences. Il faudra lui parler un peu de cette cassette... Mais, dis-moi, n'est-il pas l'heure d'aller nous restaurer ?

— Tout à fait.

Banyoul amena son collègue et les enquêteurs qui le désiraient dans le petit restaurant où il avait ses habitudes. À l'instigation de l'adjudant-chef, pour l'apéritif, la serveuse apporta à Breton, non le traditionnel pastis, mais un verre de vieux whisky single malt des lointains Highlands écossais, sorti on ne sait d'où.

— Goutte ça, ordonna Banyoul, c'est une excellente préparation pour tes vacances.

— Non, c'est beaucoup trop, il y a au moins dix centilitres là-dedans.

— Dis-moi, mon adjudant, sous tes grands airs un peu « british » tu ne serais pas marseillais, des fois... C'est à peine une dose que l'on t'a servie. Allons, allons, ne te fais pas prier...

— Il n'empêche, je ne me sens guère d'attirance pour le whisky à cette heure... Breton porta néanmoins le verre à ses lèvres. Il s'agissait effectivement d'un excellent single malt au goût légèrement fumé.

— Voilà qui est bien, salua Banyoul, maintenant je suis certain que tu vas pouvoir oublier un peu cette enquête. Les vacances en famille, c'est sacré ! Même sans toi on va l'arrêter cet assassin…

— C'est comme si c'était fait ! renchérirent les convives les plus proches, parmi lesquels Ribes et Delcamp.

— Je n'en suis pas aussi sûr que vous, surtout si tu te sers ce second pastis, répliqua Breton, qui connaissait le petit penchant de Banyoul pour les repas bien arrosés.

L'adjudant-chef s'apprêtait en effet à remplir de nouveau les verres.

— Ah ! Oui, tu as raison. On attendra l'arrestation pour arroser notre succès !

— Quant à moi, je parie sur la tête d'Angelo, clama haut et fort le brigadier Delcamp. J'offrirai une tournée générale lorsqu'il sera arrêté.

— Oh ! Pas si vite, tempéra Breton, il n'est pas d'usage que les enquêteurs parient ainsi.

— Allons, il ne faut pas lui en vouloir, fit Banyoul, il n'est pas tout à fait un enquêteur, il nous donne un sacré coup de main, voilà tout.

— Je ne pensais pas à mal, tenta de se justifier Delcamp, il me semble que chacun peut indiquer ses hypothèses.

— Des hypothèses, oui ! Mais, parier, c'est s'engager dans une voie privilégiée, où les intérêts de l'enquêteur sont eux-mêmes impliqués. C'est un risque supplémentaire pesant sur l'objectivité… Si on attaquait plutôt ce plateau de charcuterie ? invita Breton.

* * *

CHAPITRE XVI

C'était aussi l'heure du déjeuner dans la Cité des papes, mais Hatlant avait bien autre chose en tête que la nécessité de se sustenter. L'adjudant Robion avait reçu une bonne partie des résultats des expertises et des réquisitions diverses et lui en faisait un rapide compte rendu depuis Nîmes.

Sur le plan des expertises génétiques, il y avait une surprise. Le sperme prélevé dans le vagin de la victime était celui d'Angelo Forte, alors que le jeune homme avait nié avoir eu un rapport sexuel avec Kriss. Pas d'autre résultat, notamment pas de cellules étrangères sous les ongles ou au niveau des lésions. Les gouttelettes de sang trouvées à proximité du corps à Loubignac correspondaient au malheureux pique-niqueur ayant fait, avec sa famille, la macabre découverte du corps. Les autres taches sanglantes provenaient des blessures de Christelle Fouvier. Il en était de même sur la rive du Gardon, à côté du camping-car. Pour le reste, c'est-à-dire les prélèvements effectués sur le véhicule proprement dit et à l'intérieur de celui-ci, les aléas et les premiers ratés de l'enquête avaient compromis les résultats. Le laboratoire avait décelé des cellules appartenant aux gendarmes de la brigade sur l'une des poignées de l'habitacle et aussi sur un couteau qu'ils avaient probablement examiné sans précaution dans le véhicule. On trouvait aussi des empreintes génétiques correspondant aux policiers municipaux intervenus la veille du meurtre pour refouler les jeunes gens et en hisser avec peine certains dans le Volkswagen. Ils avaient laissé des cellules un peu partout, sur une portière, sur l'angle de la tablette intérieure, sur le sac à dos et même une petite tache de sang sur le plancher appartenant au brigadier-chef Gerfaut. Heureusement les pompiers portaient certainement leurs gants, il n'y avait pas de trace biologique de leur intervention.

Logiquement, on prouvait aussi, par les comparaisons de l'ADN, la présence dans le camping-car de Laure Pagès, de Christelle Fouvier, d'Angelo Forte, de Bruno Martin, d'Émile Clapier, et de deux personnes de sexe masculin non identifiées. Mais le profil génétique de Frontan, de Darky et de Nogales n'était pas encore connu. Impossible donc, pour l'heure, de disposer d'une preuve solide contre eux. Dans tous les cas, il restait le couple de randonneurs monté avec les autres, le jeudi, dans le Volkswagen. La présence de la jeune femme avait, d'évidence, échappé aux prélèvements des TIC. Les mégots de cigarettes saisis autour de la scène du crime appartenaient à Laure, Christelle, Angelo et Bruno. Enfin l'analyse de certaines taches sur les vêtements saisis chez Angelo et Bruno ne correspondait pas à Christelle Fouvier. Tout au plus trouvait-on trace de cellules de cette dernière sur un bouton du blouson d'Angelo. En résumé, Hatlant et Robion jugèrent qu'il n'y avait rien là de vraiment déterminant, Angelo ayant peut-être voulu, par simple pudeur, garder le silence sur un rapport sexuel avec Christelle.

Les empreintes digitales, relevées uniquement au niveau du camping-car, moins nombreuses car plus difficilement exploitables, n'offraient pas de conclusions différentes. Tout au plus avait-on la certitude cette fois de l'absence de trace correspondant à Frontan, Darky et Nogales.

Le couteau meurtrier restait anonyme. Tous les examens n'étaient pas terminés, mais dès à présent les laboratoires affirmaient l'absence de tout résidu de sang humain sur la plupart des multiples armes blanches saisies.

Les logiciels d'analyse criminelle avaient traité, quant à eux, les données fournies par les opérateurs de télécommunication. Dans la masse des numéros appelés et appelants, fixes et mobiles, des relais ayant servi à faire transiter les appels, l'informatique mettait en évidence les relations entre les différents protagonistes de l'affaire. La surprise principale provenait d'un appel de quelques dizaines de secondes, passé le vendredi à vingt heures trente et une, depuis la ligne téléphonique de l'appartement de Darky jusqu'au mobile d'Angelo, activé par un relais couvrant le secteur du Pont du Diable et les rives du Gardon.

Dans les autres communications, concernant Darky, l'ordinateur avait mis en évidence plusieurs appels de sa ligne fixe ou mobile vers le téléphone d'Angelo, les deux premiers se situaient dans l'après-midi du jeudi précédent le meurtre, puis il y avait celui du vendredi et encore un le samedi, le dimanche et le lundi. Chaque fois, la conversation ne dépassait pas les deux minutes. À l'inverse, on ne trouvait aucun appel partant du numéro d'Angelo vers Darky. Le poste de ce dernier avait, par contre, émis un appel, le jeudi dans la nuit, au Sunlight à Strasbourg. On notait aussi un appel du Blue Lagoon vers le Sunlight la nuit précédente. Ces conversations avaient duré près d'un quart d'heure. Le mobile de Nogales ne livrait de son côté aucune information utile.

Le téléphone d'Angelo Forte était de loin le plus sollicité. Au-delà des appels de Darky, les analystes avaient recensé, outre des communications vers des numéros a priori sans rapport avec l'affaire, différents appels vers Laure et Bruno ou en provenance de ces derniers. Il y avait même un appel provenant d'un des mobiles de la SR, le lundi en début d'après-midi.

Pour Bruno Martin, les mêmes liens étaient établis sur la ligne de ses parents. Mais, en outre, en raison de l'écoute téléphonique, on constatait que, depuis son interpellation et la perquisition du mercredi matin, ses propos semblaient moins libres et spontanés. Il devait se douter des manœuvres des gendarmes.

Laure utilisait assez peu son mobile. La semaine du meurtre, on comptabilisait quelques communications destinées à Angelo ou Bruno, jusqu'au jeudi. Puis plus rien, jusqu'au mardi en fin de matinée, où elle avait appelé Angelo. Elle l'avait rappelé ensuite régulièrement, le mardi soir et le mercredi en fin de journée juste avant une communication avec Bruno. Les ordinateurs avaient également retrouvé la trace de sa communication avec Hatlant.

Rien de particulier enfin sur les lignes de Henri Fouvier, Charles Mazet ou de Jacques Frontan. Plus précisément, aucun appel émis ou reçu sur leurs lignes fixes dans une période où leur présence à leur domicile aurait pu les disculper. Encore que, même en cas de communication téléphonique, rien n'aurait prouvé leur présence au bout du fil, hormis le témoignage éventuel de leur interlocuteur.

Le nom de Frontan revenait dans les listings de l'informatique correspondant à des vérifications sur les comptes bancaires. Pour l'instant, vu les délais de réponse des établissements financiers, les relevés de compte n'avaient pas encore été reçus. Par contre, les paiements par carte bleue à l'hypermarché du Pontet étaient exploitables. Frontan avait réglé ses achats le vendredi à dix-neuf heures cinq. Dans le créneau horaire du passage de Christelle, aucun nom du titulaire d'une des cartes utilisées au centre commercial ne correspondait avec la base de données nominative des personnes entendues dans ce dossier. Pour les paiements par chèque, le traitement des informations promettait d'être beaucoup plus long et laborieux.

— L'ordinateur n'a donc pas encore donné le nom de l'assassin, conclut Achille à la fin de l'exposé du chef des techniciens en identification criminelle.

C'était bien entendu la plaisanterie classique à propos des logiciels d'analyse criminelle.

— Non, mon lieutenant, mais il y a quand même des points intéressants : les appels réguliers de Darky auprès d'Angelo et le lien entre Darky et le Sunlight en particulier, répondit Robion.

Ayant raccroché, Achille eut une petite pensée pour les détectives de fictions policières vieillissantes où l'intuition et la psychologie menaient, seules, à la découverte du criminel. Hélas, l'informatique n'offrait pas plus de solution miraculeuse. Entouré de l'adjudant-chef Rémy et de la plupart des enquêteurs présents, il fit un rapide résumé des résultats positifs pendant le déjeuner. Ils s'étaient décidés pour le petit restaurant asiatique du boulevard Raspail, celui-là même où Achille n'avait pu terminer son déjeuner en tête-à-tête avec la journaliste de *Midi libre*. Il fallut régulièrement rappeler à l'ordre les convives en uniforme pour garder aux conversations un ton confidentiel. Les clients alentour n'avaient pas à connaître les secrets de l'instruction. Mais les mesures de garde à vue en cours, les données tirées de l'analyse criminelle, avaient échauffé les esprits et finalement les échanges d'idées et d'informations étaient souvent bien plus fructueux dans une ambiance conviviale… Hatlant laissait faire et écoutait.

Vaillant envisageait déjà une complicité entre Angelo Forte, motivé par une grosse somme d'argent, et Darky, toute l'affaire n'étant finalement qu'un règlement de compte diligenté par de multiples intermédiaires. Fitou voyait bien Darky dans le rôle du meurtrier. Pour d'autres, la piste du déséquilibré, du maniaque sexuel, était la meilleure. Ceux-là accusaient Frontan, ou tout simplement un inconnu. C'était l'avis de Rémy, qui doutait fort avoir pris le criminel dans les mailles du filet de l'enquête. Pour lui, cela pouvait être « n'importe quel salaud ». En tout cas, il ne croyait guère en la culpabilité d'Angelo, qui lui avait paru vraiment attaché à Christelle. De toute façon, entre son sperme trouvé sur la victime et les appels de Darky, Angelo devait revenir s'expliquer…

Hatlant confia encore à Rémy et Vaillant le soin de s'occuper du cher « ange ». Il fixa aussi le programme de l'après-midi. Trois suspects seraient alors entre les mains des gendarmes : Darky, Frontan et Angel. Sauf évolution majeure de leurs déclarations, aucune preuve irréfragable ne viendrait renforcer le dossier dans les prochaines heures. C'était l'occasion de faire un premier bilan avec le juge d'instruction. Achille prit rendez-vous pour dix-huit heures. Ensuite, certainement vers vingt heures, réunion générale pour envisager, en fonction éventuellement des orientations de Monsieur Forti, la suite de l'enquête. Il n'y avait plus qu'un jour de travail à plein régime. Hatlant savait déjà que certains de ses officiers de police judiciaire avaient des engagements pour le week-end qu'ils ne pouvaient reporter et, dès lundi, le lieutenant-colonel Dumont-Gatrin risquait de mobiliser la section de recherches sur une livraison de stups.

Le début d'après-midi était maintenant bien entamé. Pourtant, avant de replonger dans l'interrogatoire de Darky, Achille eut envie d'appeler Laure, plus pour entendre sa voix que pour des raisons professionnelles.

— Bonjour, c'est Achille Hatlant, je ne te dérange pas ?
— Bonjour, monsieur le gendarme, non, ça va.
— Pas de souci ?

— Non… Enfin, je survis au milieu des cauchemars et des idées noires.

— Tu as appris, pour Angelo et Bruno ?

— Oui, Angel m'a appelé. Je te l'avais dit, ils allaient déconner. Ils ont eu leur grosse poussée d'hormones machistes débiles, avec la perte corrélative de toute trace d'intelligence… Les mecs, dans toute leur splendeur !

— Ce n'est heureusement pas trop grave.

— Oui, mais c'est con.

— Je l'admets bien volontiers… J'ai une fois de plus une petite question à te poser.

— Vas-y.

— Sais-tu si Christelle et Angel ont eu des rapports sexuels ? Elle aurait pu par exemple t'en parler.

— En quoi cela te regarde-t-il ?

— Tu le sais. C'est important pour l'enquête.

— Pourquoi ? Vous soupçonnez Angelo ?

— Pas nécessairement, mais quelques éléments à charge sont venus aggraver sa situation, ces dernières heures. C'est sans aucun rapport avec la bagarre d'hier.

— Vous vous plantez complètement. Pour répondre à ta question, je ne sais pas. Si je le savais, je ne te le dirais pas de toute façon.

— D'accord, je te propose une autre question. À ton avis, connaissant bien Christelle et un peu Angelo, te semble-t-il possible qu'ils aient fait l'amour, par exemple le vendredi quand, avec Bruno, vous les avez laissés seuls ?

— Je ne sais pas. Je crois que je t'ai déjà dit que Christelle était plutôt réservée et pudique. Mais j'avais voulu les laisser en tête-à-tête, justement parce qu'ils avaient l'air de bien s'entendre… Après tout, tu n'as qu'à demander à Angelo.

— C'est bien ce que je vais faire. Voilà, terminé pour les questions… enfin, pour l'instant.

— J'imagine bien que tu ne vas pas me laisser en paix.

— Je me demande si c'est une bonne chose de te laisser en paix, seule, à ressasser des pensées déprimantes.

— J'en suis seule juge. Je ne m'ennuie pas. Je marche le long de la plage, ou je reste assise de longs moments à regarder la mer. Quant à mes pensées, excuse-moi, mais j'ai un peu de mal à faire émerger joie et gaieté !

Elle raccrocha sur cette dernière exclamation quelque peu coléreuse. Achille resta interdit une minute. Devait-il la rappeler ? Non, il ne saurait pas quoi dire pour adoucir son humeur et sa peine.

Il était bien conscient de fuir ainsi la difficulté. Mais, ses pensées l'amenaient plutôt sur la tension, l'opposition latente dans laquelle ses relations avec Laure étaient enfermées. Opposition, contraste, contraire... En remontant le cours de sa mémoire, comme un oiseau survolerait un long fleuve vers sa source, il retrouvait ces mots bien souvent associés avec les quelques jeunes femmes dont il s'était épris. S'agissait-il vraiment d'opposition, de confrontation ou, d'un autre point de vue, de complémentarité ? Le négatif n'est-il pas indissociable de la photographie ?

Cette image lui rappelait une rêverie, à deux, d'une année déjà lointaine. En vacances dans les pays de Loire, vers la fin de l'automne, avec une amie, ils avaient décidé de revenir contempler, de nuit, le château visité dans la journée. Les tours et les murailles imposantes étaient alors éclairées d'une pâle lueur bleutée provenant de discrets projecteurs. Ils s'étaient assis, blottis l'un contre l'autre et emmitouflés dans leurs manteaux, face au château, au bord d'un large canal. Les alentours étaient déserts, seuls quelques canards brisant parfois le silence de leurs cris. Un halo blafard cernait la lune, en son premier quartier, tandis qu'une mince brume s'élevait des forêts environnantes. Là, d'abord muets, ils contemplaient la citadelle médiévale et son reflet dans le canal. Puis, ils parlèrent. Tous deux avaient imaginé le spectacle de cavaliers jaillissant brusquement en plein galop des portes monumentales. Mais, tandis qu'il les voyait en armure argentée, vêtus de blanc ou d'azur, tels des chevaliers de la table ronde, pour elle les cavaliers étaient en rouge et noir, arborant des casques cornus, comme l'avant-garde de légions infernales, sortant du reflet de la même porte.

Achille n'était plus sûr. Qui avait eu la vision de blancs paladins ? Qui au contraire avait inventé ces noirs cavaliers ? Lesquels apparaissaient dans le reflet de l'eau ? Il ne gardait que le souvenir du contraste. Mais ce contraste n'était-il pas justement le signe d'un lien d'une grande force. D'autres n'auraient certainement pas été saisis de la même inspiration, ou pas ensemble. On pouvait bien ne rien voir, ou voir d'autres scènes imaginaires. Pourquoi pas un carrosse franchissant le pont-levis, une lumière de chandelle passant de fenêtre en fenêtre, une sorcière sur son balai se découpant sur fond de lune, le chant des ménestrels, un fantôme sur les toits, un voleur ou un soupirant escaladant une tour, une princesse à la fenêtre, un chevalier solitaire, une armée d'assiégeants, les arbres reprenant leur emprise sur les ruines du château, une Rolls-Royce d'où descendrait une star de cinéma, des bulldozers rasant les murailles...

Leurs imaginations ne produisaient pas des rêves contraires. Elles étaient seulement les deux côtés d'un même ensemble, comme le pile et le face d'une pièce de monnaie. Pourtant, avec son amie, Achille en était venu au fil des mois à ne voir qu'opposition et affrontement à tout propos. Quel gâchis !

Mais non ! se dit Achille émergeant de ces déjà anciens souvenirs, le contexte n'est nullement comparable.

* * *

CHAPITRE XVII

Hatlant et Fitou avaient repris en compte Darky, dont l'expression s'était nettement assombrie, ce qui n'était pas peu dire vu sa ténébreuse apparence. Pour un repris de justice blasé, il était bien improbable que la paire d'heures passée dans la chambre de sûreté, ait suffi à modifier son attitude. Peut-être avait-il réfléchi à sa situation délicate dans une affaire de meurtre. Le risque n'était plus le même. Il ne s'agissait plus de bagarres, de vols et autres méfaits passibles de la correctionnelle. L'ombre de la cour d'assises aurait-elle encore quelque force ? s'interrogeait Achille. Il en doutait… il doutait surtout des connaissances juridiques de Noireaud. Mais pourquoi pas ? Il choisit donc de lui laisser la parole le plus librement possible.

— Votre casse-croûte de midi était-il suffisant ? demanda-t-il d'abord pour modifier le contexte de l'interrogatoire.
— Un peu juste.
— Vous voulez autre chose, un café peut-être ?
— Oui, O.K. pour le café.

Ils prirent tous le temps de déguster leur expresso, Fitou et Hatlant discutant de tout et de rien pendant quelques minutes, histoire de laisser Darky se détendre un peu. C'était la première fois que les deux gendarmes travaillaient ensemble sur une garde à vue. En quelques semaines de présence, entrecoupées de nombreuses activités de formation ou de relations publiques, Achille n'avait pu participer qu'à une douzaine d'auditions. Mais Fitou avait suffisamment d'expérience pour s'adapter à son partenaire et rester en phase dans une connivence silencieuse. Pourtant passablement fatigué, réprimant même par instant quelques bâillements, Fitou avait immédiatement senti le changement d'attitude de leur suspect.

— Encore une tasse ? proposa Hatlant à Darky.

— Non, c'est bon.

— Voyez-vous un point à préciser, ou quelque chose à ajouter à votre première déclaration ?

— Non. Rien de plus… Je vais attendre mon avocat.

— Bien, mais, comme nous vous l'avons notifié, il ne viendra pour s'entretenir avec vous que demain matin. Moi, je rencontre le juge d'instruction d'ici quelques heures à peine, ce sera évidemment l'occasion d'aborder avec lui votre situation, vos déclarations. Je vous rappelle que nous sommes dans une procédure criminelle, vos silences, vos omissions, vos mensonges, pourraient peser lourd.

— Je sais. J'ai compris. C'est pour ça que j'attends l'avocat.

— Justement, en attendant, il semble que de nouvelles preuves sont venues aggraver votre situation. Vous vous souvenez de ce numéro de téléphone inscrit sur votre bloc-notes avec la mention « Angel ».

— Ouais. Je vois pas le problème. J'ai déjà répondu.

— Figurez-vous que ce numéro a été appelé à de nombreuses reprises de votre téléphone fixe et de votre portable. Vous ne vous souvenez toujours pas de l'objet de ces appels ?

— Non, je me souviens pas… Ou plutôt si, je vous ai dit que j'avais eu une embrouille avec ce type la semaine dernière, je l'ai appelé plusieurs fois, juste pour le plaisir de l'emmerder et de l'insulter. Bonne blague, hein ?

— Excellente, et réponse particulièrement crédible… Mais ce n'est pas tout. Le numéro du Sunlight, trouvé sur le bloc, vous l'avez appelé dans la nuit du mercredi au jeudi de la semaine dernière. Vous étiez au Blue Lagoon, vous veniez d'avoir une altercation avec Angel et son copain. Vous leur aviez montré la photo trouvée sur vous et correspondant aux deux filles qui les accompagnaient. Cette photo avait été diffusée par le patron du Sunlight pour rechercher ces filles qui l'avaient volé... Bref, cette nuit-là, vous avez appelé le Sunlight pour annoncer que vous aviez retrouvé les filles. Là on vous a donné des instructions, la suite est facile à deviner...

— Arrêtez votre film. Vous délirez là. Y a eu embrouille avec les deux types et leurs meufs, d'accord. C'est parce qu'on les branchait. L'appel au Sunlight, je l'ai déjà dit, rien à voir, c'était pour chercher un boulot. Je devais les appeler tard pour avoir leur boss.

— C'est ce que va vérifier notre équipe à Strasbourg.

— C'est ça.

— Vous savez d'avance qu'ils ne pourront corroborer votre version, pourquoi vous obstiner ?

— C'est pas un problème, j'attends.

Darky s'arc-boutait sur une défense peu réaliste. Pourtant, ses expressions, son attitude laissaient paraître une inquiétude sourde. Après tout, pensait Hatlant, s'il n'était pour rien dans le meurtre, peut-être son avocat lui conseillerait-il de dire la vérité sur ses contacts avec Angelo Forte et le Sunlight. Il laissa Fitou poursuivre l'audition avec le concours d'un gendarme de la BRD d'Avignon. Il vit Angelo arriver, entre l'adjudant-chef Rémy et Vaillant. Rémy jouait dans le registre de la confiance paternelle trahie. Ils entraient maintenant dans un bureau.

— Tu vois, Angelo, disait-il, je suis déçu... On t'a fait confiance et tu ne nous as pas dit toute la vérité. Tu sais pourtant qu'on travaille pour la mémoire de Christelle.

Ce faisant, il arborait un visage défait, un air de tristesse, de détresse même.

— Je ne comprends pas, je n'ai pas menti, répondit Angelo sur un ton sincère.

— Peut-être, continua Rémy, mais tu ne nous as pas tout dit sur tes relations avec Christelle.

Il fixa Angelo droit dans les yeux, mais sans aucun défi, sans trace d'affrontement ou de provocation. Le jeune homme, tentait pourtant d'esquiver le regard bleu ciel de l'adjudant-chef.

— Il va pas nous dire qu'il l'a violée! lança sèchement Vaillant.

— Connard! hurla Angelo en sautant sur le gendarme.

Ce dernier, s'attendant à une telle réaction, évita un coup de poing. Rémy empoigna Angelo par les bras, tentant de le maîtriser. Celui-ci se débattait, donnait de grands coups de pieds, l'écran de l'ordinateur vola et éclata au sol. Alertés par le vacarme, les occupants des bureaux voisins se précipitaient à la rescousse. Mais Angelo était déjà menotté par Vaillant.

— Merci pour l'écran de la bécane, râla le major qui commandait la brigade de recherches d'Avignon. On voit que ce n'est pas vous qui allez faire la demande de réparation… Il me faudra un compte rendu écrit pour expliquer…

— Pas de problème, on s'occupera de tout, tu n'auras pas de paperasse à faire, répliqua Rémy.

Profitant de la cohue dans la pièce où Angelo était maintenant attaché au bon vieux radiateur, il glissa en aparté pour Vaillant : « Bien vu, mais là tu y es peut-être allé un peu fort. En tout cas cela paraissait bien une réaction spontanée. ». Puis, les renforts ayant quitté le bureau, Rémy s'adressa à haute et intelligible voix à Vaillant.

— Là, tu exagères, tu l'as provoqué. Pour moi, il n'y a rien eu, en tout cas je ne relève pas la rébellion à agent de la force publique… Allez, on reprend.

— Moi je ne parle plus à ce connard, rétorqua Angelo.

— C'est toi le connard, répliqua Vaillant.

— D'accord, d'accord. On se calme. Vaillant, tu peux sortir quelques minutes, s'il te plaît.

— À mon avis vous êtes trop cool avec lui, mon adjudant-chef, dit-il en s'exécutant.

— Bon voilà, je t'écoute, repris Rémy en s'adressant à Angelo, mais il a peut-être raison, le jeune. Je suis un des seuls enquêteurs qui pense que tu n'es pas coupable. Alors je crois que maintenant il faut être totalement franc avec moi. C'est ta dernière chance.

— O.K., mais je n'ai pas menti.

— Revenons à la nature de tes relations avec Christelle. Vous étiez amoureux ? Vous couchiez ensemble ?

— On s'aimait bien, je crois... On n'avait fait l'amour qu'une fois. C'était le vendredi soir, la dernière fois où je l'ai vue... dit-il d'une voix nouée par l'émotion.

— C'était où ?

— Sur les berges du Gardon, là où était le camping-car. On venait de se baigner...

— Pour le reste, l'emploi du temps que tu nous as donné est-il exact ?

— Oui. Je lui ai proposé de rester avec elle, mais elle a préféré rester seule. Elle avait l'air très émue, un peu bizarre ou même légèrement effrayée. Elle avait promis de me rappeler...

— Tu vois, il faut nous aider à coincer le salaud qui l'a tuée. Pour le vendredi après-midi, on a entendu ton ami du Pontet qui avait un problème de moto. Il confirme ton passage avec Christelle. Au centre commercial ou ailleurs, te souviens-tu d'avoir vu une des personnes figurant sur cette planche photo, questionna Rémy en présentant un jeu de photographies parmi lesquelles se trouvait un portrait de Jacques Frontan.

— Non, je ne reconnais personne, indiqua Angelo après quelques minutes d'observation.

— Bon, autre chose, je ne crois pas que tu nous as tout dit sur Darky, et sur tes relations avec lui depuis l'altercation du Blue Lagoon.

— C'est vrai, mais j'ai peur que ça joue contre moi…

— Nous savons déjà pas mal de choses, ce qui est mauvais pour toi c'est de mentir, de cacher la vérité.

— Ouais. Darky, je le connaissais déjà vaguement, c'est une brute, mais en plus il est pas trop con. Quand il m'a dit pourquoi il en voulait aux filles, j'ai compris qu'il ne lâcherait pas le morceau. Alors je suis rentré dans son plan. Au Blue Lagoon, je lui ai filé mon numéro. Après je l'ai fait marcher, en lui disant que je savais où étaient les meufs, que j'étais d'accord pour l'aider à leur faire peur et à les faire cracher, contre bien sûr un petit bénéf pour moi. Comme ça, il m'a passé plusieurs coups de fil, et puis je l'ai vu un soir au Techno-Bar. Pendant ce temps, au moins, il ne cherchait pas les filles… Mais maintenant, il peut vous dire que j'étais dans la combine et que c'est peut-être moi l'assassin…

— C'est bien possible.

Tout cela se tenait assez bien, compte tenu de ce que Rémy croyait être la personnalité d'Angelo Forte. Non vraiment, ce n'était pas l'assassin. Rémy ne voyait pas l'utilité d'une prolongation de garde à vue. Il le fit remettre en liberté. L'heure s'avançait et il devait repasser par la section de recherches pour mettre de l'ordre dans la procédure, avant d'amener les deux exemplaires des pièces déjà complètes, à ce stade, au juge d'instruction.

À Montparoux, le commandant de brigade, l'adjudant-chef Banyoul, était également pressé par le temps pour la réunion chez le juge. La piste « Frontan » n'avait pu être écartée et au contraire certaines déclarations du cuisinier n'avaient pu être confirmées par des témoins.

Le patron et les employés de la Diligence Rouge, le restaurant de Figuières, avaient été entendus dans la matinée et en début d'après-midi. L'emploi du temps quotidien, les horaires de travail de Frontan avaient été reconstitués sans problème. Pourtant, personne ne se souvenait de l'avoir vu déposer les ustensiles soi-disant achetés à l'hypermarché, le vendredi en fin de journée. Effectivement, un marmiton avait pu confirmer que le cuisinier souhaitait améliorer son matériel et qu'effectivement, un couteau, quelques spatules et un décanteur neufs avaient fait leur apparition en cuisine. Frontan en avait d'ailleurs demandé le remboursement au patron. Mais personne n'avait remarqué ce matériel avant le lundi, jour de reprise du travail du cuisinier. Certes, il avait pu déposer le tout, rapidement, dans son armoire, sans nécessairement être vu de quiconque.

Au demeurant, deux serveuses déclarèrent avoir noté ce qu'elles qualifiaient de « regards lubriques » de la part du cuisinier.

— Monsieur Frontan, commença-t-il, reprenons votre emploi du temps de vendredi dernier. Grasse matinée le matin, puis déjeuner chez vous, trajet vers Avignon, promenade dans les rues de la ville puis achats au centre commercial du Pontet. Au retour, vous vous arrêtez à votre restaurant, puis vous rentrez chez vous par la route passant par Loubignac. Puis dîner et soirée télé. Pourriez-vous m'indiquer quelles personnes pourraient confirmer telle ou telle partie de ce parcours ?

— Je ne sais pas. Je ne fréquente pas grand monde. On ne me connaît pas par ici…

— Réfléchissez !

— La caissière du supermarché pourrait peut-être me reconnaître ?

— Oui, mais c'est peu probable, elle voit passer beaucoup de clients. Et à la Diligence rouge ?

— Je n'ai croisé personne.

— Je comprends mal, vous y passez pour la seule fois de la journée et vous ne dîtes même pas bonjour à vos collègues ?

— Non. C'était la mauvaise heure, si je m'étais montré, ils m'auraient toujours demandé de faire une sauce ou de préparer ceci ou cela…

— Et à votre domicile, aucune visite, aucun appel ?

— Non rien… Ah ! Oui ! Un de mes amis, des Bouches du Rhône, m'a appelé vers vingt heures trente ou vingt et une heures. On a discuté un bon quart d'heure.

— Vous vous enferrez, vous n'avez reçu aucun appel ce soir-là ! s'exclama victorieusement Ribes.

— Pourtant, je vous assure, il m'a appelé. J'en suis certain.

— Je vais vous dire ce dont je suis certaine, moi, répondit Ribes sur un ton sans appel. Dans la grande surface, pendant que vous faites vos courses, vous repérez une jeune fille qui vous plaît ou, allez savoir, qui correspond à vos fantasmes de détraqué. Mais elle est accompagnée et vous ne pouvez rien faire pour le moment. Vous suivez le couple…

— Mais pas du tout ! protesta énergiquement Frontan, je suis innocent !

— Vous suivez le couple, continua-t-elle un ton plus haut tandis que Banyoul scrutait attentivement les réactions du suspect, vous les suivez jusqu'à un petit chemin au bord du Gardon. Ils discutent, ils se baignent. La vue de la jeune fille dévêtue vous excite encore plus, et puis ils font l'amour… Et une fois le garçon parti, vous n'y tenez plus et accostez votre proie…

— Non, non, non, c'est pas vrai ! criait maintenant Frontan, en mettant ses mains sur ses oreilles, comme s'il voulait ne pas entendre la suite.

— Évidemment elle vous résiste, elle crie et, vieil habitué des agressions de jeunes femmes, vous sortez un couteau pour la faire taire !

Frontan gardait les mains sur les oreilles en marmonnant maintenant « non, non, non, non… » à l'infini. Banyoul le laissa continuer ainsi une minute, pendant qu'il vérifiait le listing téléphonique du suspect. Il y avait bien eu un appel assez long d'un correspondant des Bouches-du-Rhône, mais c'était le samedi soir. Confusion de jour ou mensonge ?

— Allez, maintenant, arrêtez cette comédie, dit-il, en écartant les mains de Frontan. Racontez-nous ce qui s'est réellement passé.

— Non, non, je ne sais pas, je n'ai rien fait, je suis innocent !

— Vous mentez, on a des preuves, des témoins ! hurla l'adjudant-chef. Des promeneurs ont vu votre Clio blanche, sur le chemin ! Sur vos vêtements, saisis ce matin, on sait dès à présent qu'il y a des taches de sang humain ! Dans quelques heures le laboratoire confirmera que c'est bien le sang de la malheureuse Christelle ! Inutile de nier, il faut avouer si vous voulez échapper à une sanction trop lourde !

— Non, non, c'est faux ! répondait Frontan, en se bouchant à nouveau les oreilles.

— Vous êtes perdu, fini, c'est terminé !

— Non, non, non, non…

— Allez, mettez-moi ce type en tôle ! ordonna l'adjudant-chef au gendarme Ribes.

C'est un homme livide et encore tremblant que la jeune femme conduisit à la chambre de sûreté de la brigade. Dans les couloirs, les gendarmes qui les virent passer furent frappés par l'étonnant contraste entre ce grand type d'âge mûr et au bord des larmes, tel un enfant, et la jeune femme si frêle mais, ô combien déterminée. De retour dans le bureau, elle interrogea Banyoul du regard.

— Je ne sais pas, dit-il, nous l'avons sérieusement déstabilisé en bluffant, mais cela n'a pas grand sens. Il est certainement un peu fragile psychologiquement. Il faut que je parte pour Nîmes, surveillez-le bien. Qu'il soit coupable ou pas, je ne veux pas qu'il fasse une bêtise irrémédiable en cellule.

* * *

CHAPITRE XVIII

Dans sa voiture, sur l'autoroute entre Rabioude et Nîmes, sous une chaleur étrangement accablante pour l'arrière-saison, Achille était particulièrement mal à l'aise. Il venait d'avoir le rapide bilan des dernières auditions de Frontan et Angelo. Quelque chose n'allait pas, mais quoi ? Il transpirait, il avait mal à la tête, mais avait l'intuition qu'elle contenait, cette caboche, pourtant tous les paramètres de la solution. Il avait mal compris ou mal interprété un élément, une déclaration, un indice. Qu'est-ce qui n'était pas à sa place dans le puzzle ?

Trop chaud, trop mal. Les kilomètres avaient défilé sans qu'il y prête la moindre attention. Arrivé à Nîmes, il s'arrêta chez lui. Il n'en pouvait plus, se sentait fiévreux. Oui, toujours une bonne douche froide… et un tube d'aspirine. Non, soyons raisonnable, deux comprimés suffiront bien, se dit-il à lui-même. C'était mieux, mais l'aspirine était impuissante à saisir la clef de l'énigme. Et toujours ces maudits cartons dans l'appartement. Achille fut à deux doigts de donner un grand coup de pied dans le plus proche. Il se ravisa ; d'après l'inscription au feutre, il contenait des livres. Ne pas abîmer les livres ! Enfin, vu la masse du carton, ne pas abîmer le pied non plus…

Le trajet du quartier Delaroque jusqu'à la rue Sainte-Geneviève, la quatre voies, le début des embouteillages de la sortie des bureaux et des écoles, la petite rue derrière l'hypermarché et le voici arrivé devant les grilles de la caserne. La cour trop petite où les véhicules bleus semblent collés les uns aux autres. Puis la porte d'entrée de la section de recherches, avec les voitures et motos banalisées garées en désordre comme toujours. Lundi, le patron va râler. De part et d'autre du long couloir desservant tous les locaux de la SR, pas grand monde, mais pas mal de bruit et d'agitation, vers le fond, au niveau du groupe des stupéfiants. La livraison annoncée se concrétisait peut-être, songea Hatlant.

Il ouvrit la porte de son bureau où Rémy et Robion s'affairaient déjà sur la procédure. Son téléphone mobile sonna, c'était Tournaise pour le compte rendu de ses recherches auprès du personnel du Sunlight. Il posa machinalement sa sacoche et ressentit seulement, mais presque physiquement, l'extrême excitation qui animait silencieusement les deux gradés. Il les dévisagea, ils firent de même en arborant un sourire vainqueur, le visage de Rémy était plus rouge qu'à l'habitude, Robion triturait sa barbichette…

— Bien sûr ! s'exclama alors Achille.

La pièce perdue venait de s'imbriquer à sa place.

Mais tout n'était pas joué. Le faisceau d'indices était déjà serré, mais il manquait la preuve indiscutable qui pourrait seule permettre de confondre définitivement l'assassin. À l'arrivée de l'adjudant-chef Banyoul, ils s'enfermèrent tous les quatre dans le bureau, vérifiant leur hypothèse et échafaudant de nouveaux plans. Ils multiplièrent les appels téléphoniques et les messages. Il fallait d'autres renseignements et quelques moyens supplémentaires…

Ils furent évidemment en retard au rendez-vous chez le juge Forti. Mais, ils venaient cette fois avec, dans leur dossier, un coupable, c'est-à-dire, dans un langage plus correct, avec un futur présumé innocent. Hatlant exposa les récentes avancées de l'enquête et présenta les dernières investigations à réaliser dans les prochaines heures.

— Enquête rondement menée, commenta le juge. Mais, vous avez raison, il faudrait un argument décisif, sinon l'affaire risque de tourner mal aux assises. D'accord pour votre plan. Si tout va bien vous me présenterez votre suspect avant la fin du week-end. Hélas… tant pis pour ma balade en montagne, termina-t-il avec le sourire.

Évidemment le magistrat acquiesça à la levée des deux mesures de garde à vue encore en cours, puisque ces deux suspects semblaient maintenant hors de cause.

La réunion de synthèse avait lieu ce soir-là à Montparoux. À vingt heures dix, tous les enquêteurs étaient présents. D'abord Rémy, Banyoul et Robion qui avaient accompagné Hatlant, et puis Fitou, Vaillant, Ribes, et d'autres de Nîmes, Montparoux, Salèze et aussi d'Avignon. Breton était également présent, il avait laissé sa femme terminer seule les bagages. On trouvait même les policiers municipaux qui devaient venir signer certains procès-verbaux et que l'on avait invités à rester. Après tout Gerfaut et Delcamp avaient participé comme d'autres à l'enquête. Il aurait été inconvenant de les tenir maintenant à l'écart.

Le lieutenant Hatlant prit la parole.

— Mademoiselle, Messieurs, je crois que nous sommes sur le point d'atteindre le terme de notre enquête. Un tout dernier élément vient de me parvenir de notre camarade Tournaise en Alsace. Là-bas, lors de la perquisition qu'il a menée au Sunlight avec la SR de Strasbourg, il est tombé sur le téléphone mobile du gérant. Dans le menu « journal » de l'appareil figurait un numéro avec l'indicatif du Vaucluse. C'est le numéro d'une cabine téléphonique en Avignon, numéro appelé à deux reprises dans les listings des appels émis : vendredi à minuit et dimanche à la même heure. Le même portable est appelé en tout trois fois de cabines de la

Cité des papes et à deux reprises de celle dont je viens de parler. Cette cabine est à moins de trois cents mètres du domicile d'Angelo Forte.

« Le patron du Sunlight, actuellement en garde à vue, dit ne pas se souvenir de la personne qu'il a appelée et semble bien embarrassé par cette question, alors même qu'il reconnaît avoir eu des conversations téléphoniques avec Darky, pour un boulot dans sa boîte.

« Or, si Angelo, dans sa dernière déclaration, a reconnu des contacts avec Darky, soi-disant pour protéger Laure et Christelle, il s'est bien gardé de nous parler du Sunlight.

« Certes, le lien avec Angel est ténu. Pourtant, l'hypothèse la plus vraisemblable est maintenant la suivante : après l'altercation de Bruno et d'Angelo avec Darky et Nogales, Forte comprend que ses deux nouvelles copines ont en fait un contrat sur leur tête. À la recherche d'argent, il décide finalement, non pas d'être un nouvel intermédiaire, mais de traiter directement avec le Sunlight dont Darky lui a parlé. Pendant ce temps, il fait effectivement croire à Darky qu'il va l'aider. J'ignore la nature de l'accord qui a pu être passé entre le Sunlight et Angelo Forte. Peut-être s'agissait-il de faire parler la plus fragile des deux filles, Christelle, pour savoir si elles avaient caché une partie du magot. »

Hatlant fit une pause de quelques instants, tout l'auditoire était suspendu à ses lèvres. Il poursuivit.

— Bon comédien, Angelo se rend agréable aux yeux de Christelle, pour trouver une occasion d'être seul avec elle. Il décide de l'amener dans un coin isolé et tranquille près du Gardon. Dès le vendredi, il obtient des circonstances favorables. Peut-être essaie-t-il d'abord la manière douce, en attendant la tombée du soir pour changer de tactique. Il est difficile de reconstituer la scène même du meurtre. Y a-t-il eu également viol, ou était-elle consentante à ce stade ? Enfin, pour brouiller les pistes et gagner du temps, il déplace le corps, utilisant éventuellement le camping-car pour le transport, avant de le ramener à son emplacement initial.

« Vous le constatez, nous n'avons pas de preuve matérielle déterminante, mais il nous reste une chance. Notre hypothèse repose donc sur l'extrême vénalité de Forte. Lors de son crime, il a eu l'occasion de voler le seul objet de valeur en possession des filles : la chaînette de Christelle, qui n'a pas été retrouvée. D'un autre côté, il y a un élément de l'environnement initial de Forte qui n'a pas été exploité. D'après Avignon, souvenez-vous, il disposerait d'un box pour remiser son matériel lorsqu'il se livre aux vols de deux roues et autres. J'ai demandé aux unités de gendarmerie et de police de mettre la pression sur leurs agents de renseignement et leurs indicateurs pour localiser ce box.

« Enfin, à cet instant, nous ignorons où se trouve Angelo. Le groupe d'observation et de surveillance de Marseille, spécialisé dans les filatures, va venir nous épauler pour surveiller son domicile et, le cas échéant, le suivre.

« Cette hypothèse vous paraît-elle valable ? Qu'en pensez-vous ? »

Diverses questions fusèrent, abordant toutes sortes d'aspects du scénario présenté par Hatlant. Les points les plus discutés furent bien sûr la personnalité même de Forte qui n'était pas apparu comme un personnage machiavélique. Son mobile semblait peu solide, quel bénéfice réel espérait-il ? Quant au transport du corps dans le camping-car, il paraissait à certains un peu trop rocambolesque… Un autre véhicule et pourquoi pas un complice était-il intervenu ? Mais personne n'avait de meilleure proposition…

Comme pour confirmer la version présentée par Hatlant, un appel téléphonique de la BRD d'Avignon annonça la localisation du box utilisé par Forte dans les sous-sols d'un immeuble de la Z.U.P., à cinq cents mètres de l'appartement où il était actuellement hébergé. Le box numéro 502. Trop tard, hélas, après vingt et une heures la perquisition n'était plus possible. Le secteur de la Z.U.P. était particulièrement malfamé. Pas question de mettre en place une surveillance permanente, pas le temps non plus dans la nuit d'installer des mini-caméras de surveillance.

— Le programme sera donc le suivant, reprit finalement Hatlant. Le groupe d'observation, avec une équipe en réserve de la SR de Nîmes et de la BRD d'Avignon, tente de localiser Angelo Forte cette nuit. Le plus logiquement, comme il ne se sent pas vraiment menacé, il va retourner dormir, comme d'habitude, chez ses amis. Dès qu'ils l'ont repéré, ils l'interpellent sur la voie publique, ou attendent six heures du matin pour le serrer à domicile. À six heures, en tout état de cause, avec lui, et même sans lui en requérant deux témoins, nous procéderons à la perquisition du box. L'équipe TIC de la SR Nîmes se chargera de la police technique dans ce local. Il n'y aura plus qu'à croiser les doigts. Si nous ne trouvons rien, notamment pas la chaîne de Christelle, il est peu probable que le juge et, plus tard, la cour, se contentent de nos présomptions. Il faudra continuer à chercher, explorer peut-être d'autres pistes…

À vingt et une heures trente, la réunion était levée. Hatlant et Rémy restèrent encore à la brigade une bonne demi-heure pour discuter avec quelques gradés et gendarmes qui souhaitaient encore débattre, en comité plus restreint, de l'hypothèse retenue contre Angelo Forte. La discussion restant animée, l'adjudant-chef Banyoul fit livrer des pizzas et alla prélever deux bouteilles de Châteauneuf-du-Pape dans sa cave. Les débats ne furent donc définitivement clos que bien plus tard.

Peu après minuit, Achille était enfin dans son lit, mais trop tendu pour trouver le sommeil. Son téléphone sonna. C'était certainement le groupe d'observation et de surveillance, songea-t-il. Mais non, le numéro s'affichant à l'écran était celui de Laure.

— Bonsoir Laure, dit-il en décrochant.
— Bonsoir, excuse-moi, j'appelle tard.
— C'est sans importance. Tu vas bien ? Tu as une petite voix.
— Non, je suis pas bien… Tu peux venir me voir ?
— Oui, bien sûr. Où se donne-t-on rendez-vous ?
— Je suis sur la plage, au phare de l'Espiguette, juste après le Grau-du-Roi. Tu repèreras le Volkswagen.
— D'accord, je connais l'endroit. J'y serai dans trente minutes.
— Merci, à tout de suite.

Il avait essayé de ne point le laisser paraître dans son ton mais, en réalité, Achille était parfaitement abasourdi par cet appel. Cet après-midi, Laure avait semblé franchement en colère. Il ne comprenait pas cette femme.

Il enfila un jean, une chemise noire, des tennis et emporta un blouson de cuir, cette nuit était assez chaude, mais, sait-on jamais. Il hésita sur le pas de la porte, puis se décida à amener son sac de plage et une bouteille de vodka bien glacée, sortant du congélateur.

Sur le trajet, au volant de sa vieille guimbarde rouge, il pensait à Laure. Que se passait-il dans sa tête ? Pourquoi restait-elle seule, sans Bruno et Angelo, avec lesquels elle n'avait que quelques contacts téléphoniques ? Achille savait bien qu'il était sous le charme de cette fille sortant complètement du cadre habituel de ses relations. C'est si vrai, se dit-il en souriant, que le stress de l'enquête s'est évanoui depuis son appel. Mais justement, sur l'enquête, que lui dire ? Rien, je n'ai aucune certitude, décida-t-il.

Il laissait maintenant Aigues-Mortes derrière lui et contournait le Grau-du-Roi par l'est. La route se terminait en impasse sur un grand parking de terre, sable et gravier, quasiment désert à cette heure et en cette période. Plus loin, le rayon de lumière du phare balayait le ciel. Le camping-car était à l'extrême limite de la zone accessible en véhicule. Achille s'arrêta à quelques mètres du Volkswagen. Il descendit, prit son sac et tenta d'accommoder ses yeux à la faible clarté des étoiles et d'un fin croissant de lune. Personne en vue. Pas de bruit, hormis le sourd grondement des vagues et le sifflement d'une brise légère. Il s'avança en direction de la plage. Il était déjà venu à plusieurs reprises ici, plus jeune, il suffisait de gravir quelques petites dunes et toute l'étendue d'une plage large de plusieurs centaines de mètres s'étendrait devant lui. Voilà, il distinguait maintenant la vaste plaine de sable, mais pas Laure. Il réajusta ses lunettes, par pur réflexe, sans succès. Il fallait recourir à la technique. Achille composa le numéro de Laure et devant lui, à quelque distance, une sonnerie retentit. Pourtant il ne voyait rien. Il avançait. Si, là-bas il y avait une petite forme… Un sac, la sonnerie venait de là…

— Arrête de nous casser les oreilles, cria une voix sortant des flots. Laure se baignait, tout simplement, et scrutant minutieusement la plage, il ne l'avait pas remarquée dans l'eau.

— Bonsoir, jolie sirène !

— Bonsoir, Monsieur le gendarme. Viens te baigner, dit-elle en se redressant. Elle avait de l'eau jusqu'à mi-cuisse et découvrait ainsi sa nudité éclairée par l'astre lunaire.

— Elle doit être assez fraîche. Tu n'as pas froid ?

— Oui, très. C'est pour ça… viens me rejoindre, s'exclama-t-elle en riant avant de sombrer dans l'élément liquide.

Achille n'avait aucune envie de repousser une pareille invitation. Le temps d'ôter prestement ses vêtements et ses lunettes et il courait puis plongeait et nageait à la poursuite de Laure.

— Alors, tu m'appelles tard dans la nuit juste parce que l'eau de ton bain est un peu fraîche ? plaisanta-t-il une fois à sa hauteur.

— Oui, quelque chose comme ça, c'était l'eau de ma vie qui était en train de se glacer peu à peu.

Il la serra dans ses bras et l'embrassa, coulant pour quelques instants sous les vagues…

Ils avaient fait l'amour sur la plage et étaient maintenant blottis l'un contre l'autre, maladroitement emmitouflés par deux draps de bain complétés de la chemise et du blouson d'Achille. Ni l'un, ni l'autre ne souhaitaient parler, ils restaient juste là dans une sorte de bulle de chaleur et de calme. Laure venait de s'endormir et Achille somnolait. Il maudit le bruit strident de son mobile.

— Mon lieutenant ?

— Oui.

— C'est Térin, du groupe d'observation. C'est parti, le poisson a mordu ! On le file depuis un quart d'heure.

— Parfait, merci, on suit le plan, répondit Hatlant avant de raccrocher.

— C'est chiant ! commenta Laure, d'une voix pourtant paresseuse. Éteins ce truc ! Pour une fois, je ne faisais pas de cauchemar…

Achille déclencha l'éclairage de sa montre. Il était plus de trois heures du matin.

— Désolé, il faut que je parte.

— Ah ouais ! Tu viens, on fait l'amour et puis tu te casses… dit-elle avec mépris.

— Non. Je suis venu pour toi. Simplement parce que tu me le demandais, parce que tu en avais envie ou besoin… et que j'en avais aussi envie ou besoin. On aurait pu juste parler, se promener ou se baigner… c'est tout de suite allé plus loin, c'est tout. Mais les sentiments ne sont pas exclus pour autant.

— Grands sentiments ! On te sonne et tu accours comme un beau petit chien bien dressé.

— Tu l'interprètes comme tu veux. J'ai une affaire à terminer. Dans quelques heures, si tout se déroule comme je l'ai prévu, l'assassin de Christelle sera sous les verrous.

Achille réalisa aussitôt s'être laissé emporter. En donnant cette indication, il allait susciter la curiosité de Laure.

— Quel assassin ? C'est toujours Angelo que tu accuses ?

— Je n'ai encore aucune preuve indiscutable, je ne peux rien te dire.

— Bravo la confiance ! Tu vas faire une belle erreur judiciaire, je t'avertis. Je témoignerai pour Angelo…

— Arrête ! Tu n'as pas de souci à te faire.

— Et moi, là, je dois avoir confiance dans ce que tu me dis ?

— C'est à toi de le sentir. Je n'aime pas ces passes d'armes si habituelles. Je crois comprendre ta souffrance continue, provenant de blessures certainement jamais cicatrisées. Je souhaiterais prendre le temps de les soigner avec toi. C'est un long parcours certainement. Je pars maintenant, mais je suis tout prêt à revenir, si tu le souhaites…

— Allez, va-t'en, répondit-elle, sur un ton autre.

Ce n'était plus du mépris. Il n'y avait pas trace d'indifférence non plus. C'était un mélange de tristesse, d'espoir et de colère.

Achille s'était rhabillé, il laissa son drap de bain qui enveloppait Laure et déposa un baiser sur un coin de joue. Elle s'était recroquevillée sur elle-même, le visage enfoui entre ses bras et ne bougea pas.

* * *

CHAPITRE XIX

Vendredi, six heures du matin. Il s'était écoulé moins d'une semaine depuis la découverte du corps d'une jeune fille non-identifiée, dans la garrigue, aux environs de Loubignac. Les dés étaient jetés et même, en fait, le résultat était déjà acquis. L'essentiel s'était joué dans la nuit.

Les gendarmes étaient en position. Devant la porte, Achille se tenait seul. La surprise devrait suffire. Cachés, à quelques mètres, deux solides gaillards, casqués et portant un gilet pare-balles tenaient le bélier. Si l'occupant de l'appartement n'ouvrait pas assez vite, ou si les bruits à l'intérieur laissaient supposer quoi que ce soit d'anormal, la porte serait défoncée.

Hatlant sonna à trois reprises. Il écoutait avec attention. Quelqu'un bougeait, s'approchait de la porte. L'homme ouvrit, encore endormi, et dévisagea l'officier avec un regard interloqué.

— Bonjour, il y a un problème ? Vous avez besoin de moi, mon lieutenant ? demanda-t-il, réprimant un bâillement.

— Non, pas vraiment un problème, brigadier Delcamp, mais j'ai effectivement besoin de vous, pour assister à la perquisition à votre domicile et répondre à nos questions.

Face à Achille, le visage du policier municipal semblait se décomposer au fil des mots. Le lieutenant continuait à les asséner durement :

— Dès à présent vous êtes placé en garde à vue dans le cadre de l'enquête ouverte sur le meurtre de mademoiselle

Christelle Fouvier. Cette garde à vue pourra durer vingt-quatre heures et être prolongée une fois du même délai. Vous avez le droit de faire prévenir l'un de vos proches ou votre employeur, de bénéficier d'une visite médicale, d'avoir un entretien avec votre avocat à la vingtième heure de garde à vue…

Les gendarmes passaient déjà les menottes aux poignets de Delcamp, stupéfait, et les techniciens en identification criminelle, avec leurs combinaisons blanches préparaient leur matériel pour l'examen minutieux de l'appartement. Il était décoré avec goût, le mobilier de bois et les tapisseries aux tons chauds donnaient une impression de calme. Pourtant l'entretien laissait à désirer et la poussière se voyait par endroit, ainsi que quelques fines toiles d'araignées au plafond. Dans chaque pièce, des photos de famille, Delcamp avec sa femme et ses deux enfants, étaient accrochées aux murs ou posées en évidence.

Pour préserver les relations futures de la brigade de Montparoux avec la mairie et la police municipale, Hatlant n'avait pas fait participer Banyoul et ses hommes (et femmes) à l'opération. Rémy, Fitou et Vaillant prendraient en compte l'audition du suspect. Il lui serait de toute façon difficile de nier.

La mise en scène de la réunion générale de la veille au soir avait finalement bien fonctionné. Hatlant avait inventé les fameux appels téléphoniques liés à une cabine téléphonique proche du domicile d'Angelo Forte. Les policiers municipaux, surtout Delcamp, bien sûr, avaient été conviés à la brigade sous prétexte d'avoir à signer certains actes de procédure et avaient été invités à rester de la façon la plus naturelle possible. Ainsi Hatlant avait exposé les charges fictives désignant Forte comme le meurtrier et insisté surtout sur la nécessité de découvrir une preuve indiscutable supplémentaire : la chaînette de Christelle.

Contre Delcamp non plus, il n'y avait aucune preuve matérielle inattaquable. S'il était bien l'assassin, les enquêteurs avaient espéré, avec raison, qu'il détiendrait toujours le bijou de valeur de sa victime. Mais où ? Pas obligatoirement chez lui. Une perquisition aurait pu ne rien donner. Tout le stratagème était destiné à convaincre Delcamp d'aller lui-même déposer la chaîne dans le box pour, en accusant formellement Forte, amener une clôture rapide de l'enquête qui l'aurait laissé dès lors, à jamais, à l'abri des poursuites judiciaires.

Dès le moment où Delcamp était apparu comme le coupable, le jeudi après-midi, la souricière avait été organisée et expliquée au juge. Les gendarmes d'Avignon avaient réquisitionné un box dans un immeuble, pas si malfamé que cela, et les hommes du groupe d'observation et de surveillance l'avaient équipé, ainsi que le couloir d'accès, de mini-caméras. À l'heure prévue, un gendarme avait appelé Hatlant, en pleine réunion, pour laisser croire à la découverte de la planque d'Angelo. Une autre équipe du groupe d'observation se chargeait de filer Delcamp à partir de la fin de la réunion à la brigade de Montparoux.

Effectivement, vers deux heures cinquante du matin, le brigadier avait quitté son domicile. Il s'était rendu à Avignon et avait été filmé en train de poser, avec des gants – précaution ô combien inutile vu les circonstances – une enveloppe dans le casier d'un vieux meuble métallique. Les gendarmes y trouvèrent comme prévu la chaînette de Christelle, identifiée sur une photo d'elle et si besoin était par les témoignages de ses amis, voire du joaillier l'ayant réalisée.

Ce luxe d'effort s'avérait finalement peu déterminant. Delcamp étant parti directement de son domicile vers Avignon, il y avait fort à parier qu'il cachait le bijou tout simplement chez lui. Mais la vidéo aurait certainement un effet percutant sur les jurés le jour du procès.

Celui-ci ne serait probablement pas trop disputé. Delcamp avoua en effet son crime dès les premières heures d'interrogatoire, les preuves étaient bien trop accablantes. Peut-être n'avait-il d'ailleurs pas réellement envie de nier.

Il déclara être dans une situation difficile, il se disait très perturbé depuis que sa femme l'avait quitté quelques mois auparavant, emmenant leurs deux enfants. Il vivait seul depuis. Lors de l'intervention avec son collègue auprès des jeunes gens en camping-car, il avait remarqué la beauté de Christelle, mais sans y prêter plus d'attention. Le vendredi, en fin d'après-midi, il avait fait des achats au centre commercial du Pontet et le hasard avait voulu qu'il croise à nouveau le chemin de Kriss. Il déclarait qu'il les avait suivis, Angelo et elle, en voiture, seulement dans le but de connaître leur nouvel emplacement de stationnement, sous prétexte qu'il s'agissait de routards qui pouvaient commettre des vols.

— Vous vous moquez de nous ! s'exclama l'adjudant-chef Rémy. Qui croirait que vous poussez la conscience professionnelle jusque-là ? C'est un peu fort !

— Je vous le jure, c'était pour être tranquille, je croyais bien faire, se défendit Delcamp, en tordant ses mains en brusques mouvements nerveux.

— Moi, je suis bien certain que vous aviez déjà une idée derrière la tête concernant la petite, poursuivit Rémy.

— Non, je vous assure. C'est vrai, je la trouvais belle, mais c'est pas pour ça que je les ai suivis.

Cette explication n'était pas très satisfaisante, mais comment reconstituer les pensées ou les désirs qui l'avaient animé alors ?

Arrivé au chemin descendant vers le Gardon, à côté du Pont du Diable qu'il connaissait bien, Delcamp avait laissé sa Peugeot 405 blanche et avait continué à pied. Il avait observé, depuis des fourrés, la baignade des deux jeunes gens, puis les avait vus faire l'amour. Il n'expliquait pas vraiment les raisons de son comportement de voyeur.

— Quand je les ai vus se déshabiller, j'étais arrivé tellement près, à couvert dans les buissons, que j'ai pris peur. J'avais peur, en bougeant, de me faire repérer et de passer pour un détraqué. Alors je suis resté là, expliqua-t-il.

— Oui, bien sûr, vous avez fait tout ce qu'il fallait pour vous rincer l'œil ! clama Vaillant qui ne voyait que fausse ingénuité et mensonge dans les propos du suspect.

— J'allais pas fermer les yeux quand même, faut comprendre ! rétorqua-t-il.

— Je comprends surtout que vous aviez mille occasions de partir quand les jeunes gens se baignaient, avec le bruit de l'eau, conclut Rémy.

— J'ai pas osé, je crois, ajouta Delcamp sur un ton hésitant, avant d'être invité à poursuivre son récit.

Angelo étant parti peu après, Christelle s'était replongée, nue, dans le Gardon. La nuit tombait. C'est à ce moment-là disait-il, qu'à cause d'un faux mouvement, il avait fait du bruit et avait quitté sa cachette. La jeune femme l'avait vu et l'avait insulté, s'était moquée de lui, l'avait provoqué… Il avait alors « pété les plombs » selon sa propre expression et imaginé qu'elle voulait faire l'amour avec lui… Ce n'était que sa version des faits. Il s'était approché, avait essayé de lui prendre la main. Mais, tout de suite, elle s'était débattue en allant vers le camping-car et avait commencé à crier. Il avait essayé de la faire taire, en l'étranglant. Elle tentait de se défendre, récupérant ce qui lui passait à portée de main pour le frapper, son sac à dos en particulier. Il paniquait, c'est alors qu'il avait sorti le couteau qu'il portait dans un étui, à la ceinture.

Il l'avait frappée à plusieurs reprises, puis, complètement perdu, il avait regagné sa voiture et, affolé, était rentré chez lui.

— Attendez, tout ça ne tient pas debout, intervint Fitou. Vous nous racontez que vous n'osez pas bouger, puis lorsque vous faites du bruit, au lieu de vous enfuir tout simplement, vous vous dévoilez et allez à sa rencontre ? C'est du baratin !

— Oui, je sais... commença-t-il en cherchant désespérément de ses yeux bleus un visage compréhensif parmi les gendarmes. Je vous dis, je ne sais pas ce qui m'a passé par la tête. Elle a crié, m'a traité de sale cochon... J'ai vu rouge, je suis allé vers elle. Je suis sûr qu'à ce moment-là elle avait envie de baiser...

Une gifle bien ajustée l'arrêta net dans ses propos. Rémy, rouge de colère, n'avait pu se maîtriser.

— Espèce de dégénéré, clama-t-il, la pauvre petite était une gentille fille, plutôt timide, pas agressive pour un sou...

— Attends, calme-toi, fit Fitou en posant sa main sur l'épaule de l'adjudant-chef.

— J'en ai marre d'entendre ses conneries, répondit l'adjudant-chef en sortant un moment de la salle d'interrogatoire.

— Je vous promets, c'est comme ça que ça s'est passé, avança à voix basse Delcamp, ses yeux bleus presque larmoyants.

— On y reviendra plus tard. Qu'avez-vous fait ensuite ? interrogea Fitou.

Delcamp reprit le cours du macabre récit.

Le temps de changer ses vêtements, de reprendre ses esprits, il s'était dit qu'il valait bien mieux faire disparaître le corps. Il était alors retourné, le plus discrètement possible, sur le lieu de son crime et avait mis le corps dans le coffre de son véhicule. Il avait jeté pêle-mêle les affaires qui traînaient dans le camping-car, avant de le refermer. Il voulait rejoindre un endroit du Rhône où il lui arrivait de pêcher, puis jeter le corps dans ce fleuve. Le Gardon était bien trop bas et avait trop peu de courant pour emporter le cadavre.

Mais, sur le parcours, sur la route de Figuières, il avait vu, au loin, derrière lui, une voiture de police ou de gendarmerie qui arrivait avec ses gyrophares et toute sirène hurlante. Une peur panique s'était à nouveau emparée de lui, il avait tourné sur le premier chemin et avait dissimulé le corps comme il le pouvait. Il ne pouvait pas deviner que cette patrouille se transportait sur les lieux d'un accident de circulation.

Ce n'était que le lendemain, en nettoyant le coffre de sa voiture, qu'il avait trouvé la chaînette en or et rubis de sa victime. Elle s'était certainement cassée lors du chargement du corps. Il l'avait gardée, cachée derrière un compteur de gaz de son immeuble.

Les efforts conjugués de l'adjudant-chef Rémy, de Fitou et de Vaillant, n'apportèrent pas plus d'éclaircissements.

Les perquisitions et examens techniques allaient aboutir à la mise en évidence de traces de sang résiduelles, peut-être sur les vêtements portés ce jour-là par le meurtrier, même lavés depuis, et certainement dans le coffre de sa voiture. Mais il n'existait évidemment aucune possibilité de vérifier certains points de ses déclarations et en particulier les circonstances précédant immédiatement l'agression. Il mentait très probablement, ou même avait déjà, inconsciemment, remodelé les faits dans sa mémoire pour faire face à un sentiment de culpabilité trop fort. Comme souvent, les enquêteurs étaient confrontés à un crime sordide, stupide, commis par un pauvre type à l'esprit malade…

Il était d'ailleurs étrange de constater comment cet homme au visage dur, renforcé par des yeux bleus, froids, et une coupe de cheveux en brosse bien carrée, semblait maintenant perdu, fragile presque.

L'enquête se poursuivrait avec un examen de Delcamp par un ou plusieurs psychologues, on reconstituerait son passé, interrogerait sa famille, ses proches, ses collègues de travail, mais comment finalement connaître le déroulement des faits, expliquer, comprendre ?

* * *

CHAPITRE XX

Le vendredi se terminait, Hatlant relisait son procès-verbal de synthèse. Il lui paraissait complet. L'affaire était bouclée. Toute la journée avait été particulièrement chargée et il avait fallu répondre, en supplément, aux questions des journalistes. L'arrestation d'un policier municipal n'était pas passée inaperçue et allait faire les gros titres des journaux. D'ailleurs, tôt dans la matinée, il avait lui-même prévenu Frédérique Richard, du *Midi libre*, de l'épilogue de l'affaire à la brigade de Montparoux. Elle avait essayé d'en savoir plus, mais il ne pouvait trahir plus avant le secret de l'instruction. Une fois arrivée dans l'ancienne cité comtale, elle serait largement capable d'apprendre l'essentiel par ses propres moyens, il n'en doutait pas.

Achille voulait aussi, maintenant que le coupable était officiellement démasqué, prévenir Laure. Mais ses appels restèrent sans autre réponse que celle de la messagerie. À la troisième tentative, il enregistra quelques mots : « Bonjour, c'est Achille, je souhaitais juste te dire que l'assassin présumé de Kriss est arrêté. Il n'a rien à voir avec tes amis, ni même avec le Sunlight. Tu n'as aucun souci à te faire. À bientôt, j'espère. »

De son côté, le capitaine Fresnes et son équipe chargée de la délinquance économique et financière venaient de rentrer à la SR. Sa mission s'était brillamment terminée en région parisienne. Quelques escrocs de haut vol étaient maintenant sous les verrous.

— Salut ! dit-il en pénétrant dans le bureau d'Hatlant. Tu vois, j'arrive exactement au bon moment pour prendre la permanence. Comme tu as bien travaillé cette semaine, fit-il jovialement, tu auras le droit de te reposer ce week-end.

— Bonjour, mon capitaine. Vous aussi avez obtenu un franc succès.

— Oui, mais bon, une petite semaine à Paris, c'était aussi des vacances ! Quant à l'enquête, bof, même pas d'homme politique dans mes filets... Alors raconte-moi plutôt ton affaire.

Achille résuma en quelques minutes le résultat des investigations.

— Je vois, conclut Fresnes, cela paraît limpide, vous avez effectivement piégé le meurtrier. Mais pourrais-tu par contre m'expliquer comment vous en êtes venus à suspecter Delcamp ? D'après ce que tu m'avais dit lors de nos conversations téléphoniques, ce n'était vraiment pas une des orientations initiales de l'enquête...

— C'est qu'en fait, je n'ai pas été particulièrement brillant... avança Achille, ôtant ses lunettes pour les nettoyer, et peut-être aussi pour dissimuler un fond de honte.

— D'accord, j'entends bien, de toute façon comment veux-tu qu'un jeune lieutenant inexpérimenté soit brillant ? s'esclaffa franchement le capitaine, pour balayer toute appréhension. Mais encore ?

— Le premier indice qui aurait pu nous mettre sur la voie, reprit Achille, correspondait à la description vestimentaire d'Angelo Forte, le jeudi et le vendredi. D'après le témoignage initial du brigadier Delcamp, il était revêtu d'un ensemble en jean, le blouson portant une tête de mort rouge et noir en motif dans le dos. Or, Angelo déclara que, le jeudi, il portait un blouson en cuir, certes avec un motif identique ; blouson qu'il avait déchiré le vendredi et avait alors troqué contre son blouson en jean. Cela aurait pu être une simple erreur de mémoire de l'un ou de l'autre ou encore un mensonge de la part d'Angelo. En fait, le brigadier Delcamp avait surtout mémorisé le blouson que portait Angelo lorsqu'il l'avait suivi le vendredi, en revenant du centre commercial. C'est donc cette tenue-là qu'il nous avait décrite comme étant celle du jeudi.

— Et vous n'aviez pas porté assez attention à cette histoire de blouson ?

— C'est ça, ou plus exactement j'imaginais d'abord un mensonge d'Angelo, d'ailleurs pour une raison difficile à cerner. Mais ce n'est pas tout. Un deuxième élément, plus subjectif, était la motivation et l'implication particulièrement forte de Delcamp pour l'enquête. Évidemment, il voulait savoir dans quelle direction nous avancions et si possible nous guider vers d'autres suspects. Il avait même voulu être de la perquisition chez Frontan, ce suspect dont je vous avais parlé ; envisageait-il d'y déposer la fameuse chaînette ? Je ne sais.

— Là, ce n'est vraiment pas facile à interpréter. Fort heureusement, il y a de nombreux policiers municipaux, sérieux et dynamiques, qui réagiraient de même si un crime venait à concerner leur commune.

— Un autre détail aurait pu nous servir. Revenons à Frontan. Cet homme nous avait dit avoir une mémoire des visages particulièrement défaillante et n'était pas sûr de pouvoir reconnaître Angelo Forte ou Kriss qu'il avait pu croiser au centre commercial. Pourtant, il nous précisa qu'il se souvenait avoir reconnu quelqu'un de sa connaissance…

— C'était Delcamp ?

— Oui. En fait, la mémoire de Frontan est effectivement particulièrement confuse. Il pensait avoir reconnu quelqu'un dans le centre commercial, mais c'est lors de la visite de Delcamp à son domicile pour l'enquête qu'il avait inconsciemment fait le lien avec un visage aperçu dans le grand magasin.

— Pas réellement un témoin très fiable… estima Fresnes

— Non, vous avez raison.

— En parlant de témoignages, au fait, j'ai cru comprendre que deux des suspects, Darky et son compère, avaient menti quant à leur alibi du vendredi soir, tu sais pourquoi ?

— Non. Peut-être avaient-ils commis quelque méfait, cette nuit-là, qu'ils ne souhaitaient sûrement pas dévoiler…

— Et ensuite ? Rien n'est déterminant jusque-là, commenta Fresnes, les yeux brillants d'un vif intérêt, peut-être moins pour le fond de l'affaire que pour le raisonnement d'Hatlant.

— Le dernier point est d'une évidence rare. Tellement évident d'ailleurs qu'il nous a fallu plusieurs heures pour le déceler, alors qu'il était sous nos yeux. En fait, les prélèvements effectués pour rechercher les « profils » génétiques identifiaient le coupable. Dans le camping-car, il y avait les empreintes ADN des gendarmes de la brigade maladroitement montés à bord lors des premières constatations et celles des policiers municipaux dont nous savions qu'ils étaient également rentrés dans le véhicule, pour y tirer le clochard Mimille, le jeudi après-midi. Je n'ai donc pas fait attention à ces traces. Pourtant, parmi les résultats, le laboratoire avait identifié des cellules appartenant à Delcamp sur le sac à dos de Christelle Fouvier. Or, ce sac à dos, elle l'avait acheté le vendredi après-midi ainsi que le prouve le ticket de caisse. Dès lors Delcamp ne pouvait l'avoir touché le jeudi. Il avait donc eu un contact avec elle le vendredi soir !

— Personne n'a fait le rapprochement ?

— Si, mais pas tout de suite. Pourtant Robion m'avait parlé textuellement de l'empreinte génétique d'un policier municipal sur le sac. Mais ce n'est que quelques heures après que j'ai eu le déclic. Je suis rentré dans mon bureau, Rémy et Robion avaient déjà trouvé d'ailleurs, et en posant ma sacoche, j'ai repensé à un sac, au sac à dos, et j'ai compris.

— Pourquoi ne t'es-tu pas contenté de cette preuve matérielle, pourquoi avoir tendu ton traquenard au suspect ?

— Le problème, vu les manœuvres intempestives des gendarmes et des pompiers lors de la découverte du camping-car, c'est que l'avocat de la défense pouvait exploiter cette brèche pour dire que les objets à l'intérieur du camping-car avaient été manipulés sans précaution. Le sac avait pu, par exemple, être déplacé et mis au contact d'un objet qui portait une trace de sang ou des cellules de Delcamp déposées le jeudi, d'où une contamination du sac. C'était très improbable, mais nous risquions de voir notre seule pièce à conviction mise en doute... Et le doute doit profiter à l'accusé.

— Oui, bien vu ! Tu ne te débrouilles peut-être pas si mal, finalement, pour un jeune lieutenant, cela va sans dire, complimenta Fresnes avec humour.

— Je n'en suis pas bien sûr. Vous le voyez, j'ai failli passer à côté du coupable.

— Mais tu ne t'es finalement pas trompé... Alors ton sentiment après ta première affaire de crime de sang ? questionna Fresnes dont les yeux marrons scrutaient les réactions de son interlocuteur.

— Ce n'est pas très clair dans mon esprit, répondit d'abord lentement Achille en remettant ses lunettes, plaçant ainsi un mince écran devant son regard. D'un côté j'ai été franchement passionné, pendant une semaine. Finalement, je n'ai vécu que pour ou à travers l'enquête. Forcément, je suis très heureux du résultat, le meurtrier a été démasqué et arrêté, mais surtout, en mon âme et conscience, je suis certain qu'il est réellement l'auteur du crime. Ce n'est pas comme dans certains grands procès où parfois l'on constate la faiblesse des preuves à charge... Mais, d'un autre côté, je réalise que nous n'atteignons pas pour autant la vérité...

— Pourquoi cette impression ?

— En réalité, personne ne connaîtra jamais les circonstances exactes du meurtre. L'assassin a-t-il d'emblée attaqué sa victime avec la volonté de la tuer, peut-être par pur sadisme ? L'a-t-il abordée dans l'intention de la « séduire » ou directement de la violer ? A-t-il, comme il le prétend, été « provoqué » par sa future victime ? Je ne le sais pas, tout au moins, d'après ce que j'ai cru comprendre de Christelle Fouvier, suis-je persuadé qu'elle ne l'a justement pas provoqué… Mais ce n'est que mon opinion.

— Oui, mais tu seras témoin lors du procès aux assises. À toi, ce jour-là, de développer ton approche de la personnalité de la victime, de défendre, non pas certes la vérité absolue, mais au moins la vraisemblance… Sur le fond, tu as raison. Nous n'atteignons jamais la vérité et bien moins encore que tu ne crois.

— C'est-à-dire ? interrogea Hatlant.

— Parce que la certitude absolue n'existe pas. Même avec toutes les preuves, les aveux, les témoignages de ton dossier, il existe toujours le risque, même infime, d'une erreur. Imagine que Delcamp ne soit intervenu dans cette affaire que pour protéger quelqu'un qui lui est cher au point d'avouer à sa place. Imagine que, pour aider cette personne, ce soit bien lui, par contre, qui ait fait disparaître le corps… Et pourquoi, comme Jacques Frontan d'ailleurs, ne se serait-il pas trouvé par hasard au centre commercial, où il aurait remarqué le blouson d'Angelo et été vu par Frontan ?

— Oui, convint Achille après quelques minutes de réflexion, mais dans ce cas nous trouverions, dans l'entourage de Delcamp, une personne avec laquelle il est très lié et avec qui il a eu de multiples contacts ces derniers jours. Contacts que nous pourrions établir par des témoignages ou des réquisitions téléphoniques…

— Peut-être, certainement même, mais il restera aussi l'infime possibilité de contacts limités ou improuvables…

— Comment éviter ce risque d'erreur ?

— On ne peut pas, dès lors qu'on enquête, juge, condamne, il y aura toujours des erreurs judiciaires. Diablement difficile à accepter, n'est ce pas ?

— Oui… Alors jamais de certitude, jamais de vérité ?

— Non, mais toujours plus près, comme une courbe d'une équation qui tendrait à la perfection vers l'infini, mais ne l'atteindrait jamais, conclut Fresnes.

* * *

ÉPILOGUE

Achille avait travaillé tard le vendredi soir. Avant la présentation de Delcamp au juge d'instruction, prévue pour ce samedi après-midi, à seize heures, il s'était accordé une matinée de tranquillité. Il avait fait son jogging habituel dans les petits chemins au sud de Nîmes, d'autant plus nécessaire que le sport avait été largement sacrifié cette semaine sur l'autel de l'enquête. Il ressentait aussi le besoin d'évacuer une trop grande tension accumulée au fil des dernières journées.

Pourtant une image persistait, celle de Laure. Ni hier soir, ni tôt ce matin, il n'avait réussi à la joindre. Pourquoi ne répondait-elle pas ? Il n'y tint plus et, après la douche, reprit la route du phare de l'Espiguette. Sa voiture, après quelques hésitations, eut l'amabilité de bien vouloir démarrer.

Le temps tournait à la grisaille, la température, toujours clémente, avait cependant baissé. Sur le grand parking de la plage, les véhicules étaient encore peu nombreux. Achille alla jusqu'au fond de l'aire de stationnement, mais il voyait bien, même de loin, avec ou sans lunettes, que le camping-car n'était plus à sa place.

Il s'arrêta à son ancien emplacement, regarda par terre, ici et là, s'il n'y avait pas une indication, pas une trace intelligible... Il ne savait pas d'ailleurs ce qu'il pouvait bien chercher. Il demanda à des touristes stationnés non loin s'ils avaient vu le Volkswagen. Peine perdue. Mais, là-bas, au loin, à la limite entre la plage et la végétation s'accrochant aux dunes, des couleurs mouvantes attirèrent son regard. Comme un drapeau en berne sur lequel le vent n'avait guère de prise.

Il s'avançait. Et oui, évidemment, ces coloris ne lui étaient pas étrangers, c'était son drap de bain.

Elle l'avait noué aux branches d'un arbuste sec et rabougri. Il chercha, mais il n'y avait rien d'autre, même pas songea-t-il, soudain romantique, un message dans une bouteille à demi enfouie dans le sable…

Il fut de retour à Nîmes peu après midi et constata, avec un sourire forcé, qu'en partant pour sa recherche désespérée, il avait laissé la porte entrebâillée. Il entra.

— Bonjour, dit une voix féminine qu'il connaissait bien. Il règne comme un air de chaos chez toi.

— Bonjour, Julie. Alors, comme ça, tu fouilles mon appartement ?

— Je venais te faire une visite surprise, petit frère, et même déjeuner avec toi. Mais, je ne savais pas que tu appréciais à ce point le désordre. La porte était ouverte, rien n'est rangé, il y a des cartons ici et là et quand j'ai voulu, par pure charité, préparer quelque chose pour midi, j'ai constaté que le réfrigérateur était désert… Finalement, la gendarmerie n'a peut-être pas une si mauvaise influence sur toi…

— Je me le demande… Et oui, les courses, les cartons… Oh ! Ils attendront bien encore un peu…

* * *